「悦读」

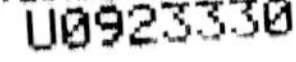

大鱼文库

发现的惊喜·阅读的欢愉

BY SILVIA FERRERI
〔意〕西尔维娅·费雷里——著
陈英 许文畅——译

La madre di Eva

CNS PUBLISHING & MEDIA
湖南文艺出版社
HUNAN LITERATURE AND ART PUBLISHING HOUSE

图书在版编目（CIP）数据

我将如何呼唤你 /（意）西尔维娅·费雷里著；陈英，许文畅译. -- 长沙：湖南文艺出版社, 2021.3（2022.7 重印）
（大鱼文库）
ISBN 978-7-5404-9723-1

Ⅰ.①我… Ⅱ.①西… ②陈… ③许… Ⅲ.①长篇小说–意大利–现代 Ⅳ.①I546.45

中国版本图书馆CIP数据核字(2020)第139001号

著作权合同图字：18-2019-040

大鱼文库

我将如何呼唤你
WO JIANG RUHE HUHUAN NI

作　　者：〔意〕西尔维娅·费雷里
译　　者：陈　英　许文畅
出 版 人：陈新文
责任编辑：夏必玄
装帧设计：少　少
内文排版：钟灿霞
出版发行：湖南文艺出版社
（长沙市雨花区东二环一段 508 号　邮编：410014）
印　　刷：长沙鸿和印务有限公司
开　　本：787mm × 1092mm 1/32
印　　张：6.75
字　　数：160 千字
版　　次：2021 年 3 月第 1 版
印　　次：2022 年 7 月第 2 次印刷
书　　号：ISBN 978-7-5404-9723-1
定　　价：36.80元

献给我挚爱的米开朗琪罗、马西米利亚诺和詹马里亚。

人们总觉得可以选择和追求自己的生活，但所有人都很难摆脱与生俱来的东西，很难摆脱那些比痛苦更焦灼的东西。

——阿尔达·梅里尼《邻家女疯子》

凡是人类创造的，人都可以毁掉，唯一无法抹去的是自然的印记。

——让-雅克·卢梭《爱弥儿》

我相信，有些东西如果我没拍下来，就永远没人看到。

——戴安·阿勃丝

这不是我的错，而是你做事只做了一半。

——亚历山德罗对他母亲说

1

伊娃，我在这里，在你身边。我坐在手术室旁冰冷的走廊里，你光着身子躺在里边，这是你作为女孩、女人和女性的最后时刻。

你听不到我，也看不到我，但我在这里，我没有丢下你。我发誓我会待在这里，直到手术结束。我把你带到这遥远的地方，如同完成一场献祭，而你是那只献祭的羔羊，我会一直陪在你身边，直到献祭完成，直到你不再是你，直到你成为一个全新的人。

“妈妈，你不要走，别把我一个人留在里面。”你说，“求你一分钟都不要离开，如果我醒了，我希望看见你在我身边。”

我知道未来几个小时你都不会醒过来，但我还是一动不动地待在那里。我答应过你的事，我一定要做到，如果我从椅子上起身，好像会带来厄运。

有人时不时给我送来一杯饮料，有茶、咖啡和果汁。他们没问我要不要喝，而是直接送过来，把杯子放在我身旁的椅子上，我用目光向他们致谢。

他们把我当作一只被遗弃的动物，好像不喂食就会死去。

没几个人知道我的名字。他们只是称我为“母亲”，把我当作一个模板、源头，我是所有人、所有生物的母亲，一定会拯救子女，带他们驶往安宁的港湾。

他们不说我是谁的母亲，只是把我称为“母亲”。

在这条路上，我孤单一人，我下定决心独自走完全程，我和你一起背负重担，因为你是我的孩子，你永远都是我的孩子。倘若我们犯了错，也是我们共同的错。

我不看书，也不和人说话，我没有力气。我只是静静等候着，千万个思绪在我心底翻涌，来了又去。有时我会陷入回忆之中，有时脑子里一片空白，像一个掏空的南瓜。我的思绪一旦停下，就会产生一些不合时宜的联想。比方说“掏空的南瓜”，我就想到了过万圣节时，你特别想要一盏南瓜灯。我们整个早上都在掏南瓜，切南瓜，最后完成时，南瓜灯上尖利的牙齿却把你吓哭了。最后你父亲来帮忙，把牙齿改成了笑脸。

这是你父亲最大的优点，他会处理各种麻烦，磨去棱角，不让我们受伤。他一直说我性格太极端了，太不会协调了：“不是所有事情都非黑即白，还存在让人舒适的中间地带。”

他把这种才能也用到了给你乔装打扮上。那次你本来要扮成巫婆，但你说穿裙子很冷，而且让你很不自在，你哭了，你父亲特别心疼，把你装扮成了吸血鬼。

他把裙子改成了斗篷，把扫帚改成了镰刀，于是你从巫婆变成了吸血鬼。为了安抚你的情绪，他打开工具箱忙活了一整天，你一直待在他身边。就像之前无数次，他睁一只眼闭一只眼，想让事情过去，他好待在安全地带。

然而我和他不一样，我能看到事情的真相。我和你息息相通，我们一起待在那片极地，呼吸着四周冰冷的空气。

如同今天冰冷的空气。

我不知道我在这里坐了多久，也不知道会继续待到什么时候。他们说，如果一切顺利，没出现意外，如果你的身体没出现排斥反应，这场手术需要六七个小时。

这已经不重要了，时间早已不复存在，或者永远停滞了。只有你成为全新的人，睁开懵懂的双眼看到我时，时间才开始重新启动：那才是新纪元，新时代。从那时起，我们要以新的方式看着彼此，相互呼唤和交谈。

我时不时接到从意大利打来的电话，他们想了解情况，想安慰我，或者寻求我的安慰。我像一棵高大挺拔的树，根深深地扎在土里，他们想从我这里获得慰藉。

今天一大早，你父亲打电话给我，那时我们还不知道这场“变形”有没有开始。他问我：“你怎么样？你们俩都还好吧？”他想知道手术的具体情况，可我不愿说。有些事情，说了只会让人更焦虑。

我让他不要来，我一点都不想让他看到今天早上的画面，我从手术室玻璃窗外看到的你。因为麻药的作用，你在昏睡，你赤裸着身体，面朝上躺在冰冷的手术室里，暴露在大家的目光之下。周围的人来来往往，谈天说地，聊昨天的饭菜、炎热的天气，或是抱怨空调太冷很容易感冒。我也不想让他看到医生用绿色记号笔在你身上画线，标出手术刀落下的位置。

这些线条与我们一起涂鸦时留在你身上的线条不一样。我们曾经一起画画，一画就是几个小时。画一条线代表身体，然后添上两条腿、两条胳膊，这样就画好了一个小人。你画了爸爸、妈妈和伊娃。小人周围是草坪、房子、马路、小河和蓝蓝的天空。从那时候起，幸福的生活便开始一点点磨灭。

我知道你父亲可能会无法承受。

我知道那个场景会无数次出现在他梦里，年复一年，无法抹去，像战争留下的创伤，会不断刺激他。他一闭上眼就会看见女儿躺在手术台上，准备切除健康的器官，把硅胶植入身体。

“我们到底在干什么？”今天早上你父亲问我，“我们怎么能让她做这种事？把她带走吧，你想办法说服她。如果她不听，拖也要把她拖走。告诉她其中的风险，跟她说，一旦走上这条路，就再也无法回头。”

“亲爱的，她知道这些，她心里很清楚，讲再多也没用，更没必要把她绑走，因为总有一天，她还是会挣脱束缚她的绳子，离开我们。”

有些父母，他们的孩子二十多岁时成了游泳或体操冠军。每当孩子在离家很远的地方参加比赛时，他们就和亲朋好友围坐在电视前，欣赏孩子的英姿，有人还会一场接一场去现场看孩子比赛。这些父母陪伴着孩子，鼓励着他们，注视着他们挥动意大利国旗，眼里满含热泪。他们想告诉全世界：这是我的孩子，你们看到了吗？这是我的孩子。

还有些父母，他们的孩子二十多岁时会死于车祸，撞上了防护栏，或在十字路口遇到闯红灯的人。他们会在路边为孩子立起小小的墓碑，摆放着鲜花和布偶，留下一张纸条：“你不会死不瞑目，见证者请站出来说话，别让我的孩子死得不明不白。”

有些父母，他们的孩子远走高飞，会结婚，会生儿育女，会离婚。

还有些父母，他们的孩子会在年满十八岁时变性，在此之前，他们会一直用谴责的目光看着你。

2

手术室外面是一道冰冷的走廊，头顶上明晃晃的全是白炽灯。我盯着地板出神，听着来来往往的脚步声，他们都穿着同一个款式的手术鞋和厚厚的袜子。手术室里应该还要冷一些，手术室门上面有个按钮，和过马路时按的按钮很像，摁一下按钮，门就开了，人进去之后，门在身后会自动关上。

通常，家属是不能在走廊里等的，这里待着也不舒服。这是一个人来人往的过道，没人在这里逗留。病人家属一般都在房间等着，酒店房间当然更舒适。但是在这个地方，即使是五星级宾馆的房间，也会让人充满恐惧。

他们把这叫“手术表演”，禁止外人观看。只有“秘密组织”的人才可以入场，只有魔法师和祭品，只有演员和道具，没有观众，这场悲剧表演不需要观众。

虽然我没有要求，但他们允许我待在这里，这样我可以离你近一点。

我们俩身上有某种东西，能让看到我们的人心软。我们好像没有肉身，只是微弱的气息，是别人可以讲述的故事，会给遇到我们的人留下深刻的记忆。我们的经历，是任何人都难以承受的。医生对我们温柔客气，他们轻声细语，我确信医生对我们有一种特别的关注，不像对其他病人，他们只对这位“母亲”和她的女儿那么好。我们是母亲和女儿的原型，是所有母女的模板。正因如此，打破这种关系，会让所有人都很痛苦。

护士来了，要带你去手术室。她很漂亮，四十岁左右，和其他护士没太大不同。我第一次来时就注意到她了：金发、大长腿和妆容精致的面孔，看起来像一个克隆人，让这个地方更冰冷无情。

她来房间里接你，我挪了挪位置，方便她工作。手术准备工作一完成，她就用带着浓重斯拉夫口音的英语对我说，如果我愿意，我可以跟你们一起过去。我没问她什么，只是拿起了包说：“好。”

我们穿过走廊，她推着你的床走在前面，我跟在后面。周围的人一直注视着我们，直到我们消失在转角处。遇到我们的人，一定会说“上帝与你们同在”，可上帝早就离我们而去了。

我们站在玻璃钢架电梯前，电梯到了，我们进去，等电梯门再打开时，我们仿佛置身于一个最先进、最奇绝的装置当中，像一台制造新人类的机器。外边是塞尔维亚，里边是一个堡垒，是科学家研究新物种的基地。

你和你的“刽子手”一起消失在一扇亮着信号灯的门后，我留在了外面。那个金发护士指给我一把椅子，那是为我准备的椅子，我坐了下来。

我看着手术室里来来往往的人，心里想着，他们是谁，是做什么的。他们的制服颜色本来可以给我一些提示，可我经常会混淆深绿和浅绿。直到一个五十多岁的男人从手术室出来，径直向我走来，他的衣服是浅绿色的，我才反应过来他是主刀医生，要和我谈话。我已经习惯了他穿便服的样子，一时没有认出穿上手术室服装的他。走近了，我才认出他是拉多维奇。他的眼睛是天蓝色的，总是笑容可掬，因为长时间在手术台上工作，背有点驼。我第一次看到他是在一张报纸上，那上面刊登了一张他的照片，文章叫《塞尔维亚，变性的天堂》，文章的右上角，他目光笃定地看着镜头，像上帝一样自信，一样无所不能。你把这篇文章带给我看，就像那是一则假期旅游广告。你想让我把这趟出国旅行作为十八岁生日礼物送给你。

看到这篇文章之后，很多电子邮件和网络链接都朝我涌来，塞满了我的电子邮箱，无一不在宣扬这场没有归路的旅程。

塞尔维亚医生用力握了握我的手，用斯拉夫腔的意大利语向我问好。他说他是在意大利学的医，他曾经在拉奎拉大学学习，后来又去了另一个城市进修。他也向你父亲问好，说完了和手术无关的一些话，他低下头，后退几步，果断转身离开了。

在做这类手术前，拉多维奇在公立医院工作。当他从意大利学成回国时，战争就像潜伏在天空中的暴雨，突然在塞尔维亚爆发，他作为一名年轻医生，在前线救死扶伤，他要把在战场上被炸得支离破碎的身体缝在一起。现在，他的工作是给那些寻找新身份的陌生人动手术，剥离之前的器官，缝上伤口，这在他看来无可厚非。

但在你面前，他的态度不一样。也许是因为我们和他第一次见面时，你只有十六岁，也许是因为你说话像小女孩，因为你就是小女孩。你说："我要在十八岁生日时把一切都准备好，用我真正的名字开始成年人的生活。"

我为你取的名字不是你的真名，你父亲亲昵地叫你的那些小名，"咪咪""小扫把""小青蛙"，也不是你的真名。一把手术刀、一纸法庭的判决书，就能永远抹去这些名字。

3

你也许不会相信，我发现自己怀孕时并不开心。那几天我一直在抱头沉思，这可怎么办呢？怎么才能做一个好母亲？我没有找到答案，我觉得自己很蠢。我其实很想要一个孩子，那就像玩捉迷藏游戏，我找到了你。我站在那里数到十，然后转过身，我还来不及想自己是不是真的想玩这场游戏，你一下子就出现在我跟前。我以为自己不会怀上孩子，因为很多人说："你都三十多岁了，来不及了。而且你平时还抽烟、熬夜，饮食也不规律，肯定怀不上了。"

他们说我太老了，生不了孩子了，但你马上就出现了，否定了他们的看法。

我月经停止的第一个月，乳房变大了，脾气变得很古怪。大家都看出来了，只有我自己没有勇气承认。我去医院检查时，已经怀孕两个月了，一切来得太突然了，我没有准备好。

倒计时已经开始，我们回不了头了。我一想到你蜷缩在我的肚子里，就感到害怕。我想，这不属于我，我不想要，你们快收回去吧。我还没有学会当女儿，怎么当好母亲呢？

但我已经无法后退，也无法前进。你父亲什么话也没说，只是默默忍受着我的坏心情，还有我对你的诅咒。他知道，我体内的荷尔蒙很快会恢复平衡，我会正常起来，或许他预计我很快会疯狂爱上你。

我第一次去医院检查时，才清楚地看到了现实：女人、大肚子，慈爱的母亲怀里的小婴儿，那些女人身材丰满，只有我很瘦弱，显得格格不入。那时候我觉得缺氧、头晕，我站起来，想离开那里。一位护士在门口把我拦住了，我想她大概见到过很多像我这样没有做好准备的女人。我红着眼眶，低声对她说："我好害怕。"她让我坐了下来，我记不清她对我说了些什么，只依稀记得她很不客气，可以说她很严厉，生生把我拉回了现实。她说："当母亲可不像请客吃饭那么简单。"我这才明白，原来恐惧已经渗入了我的生活，再也不会放开我。那种不安和恐惧就好像一颗种子，和我的卵子、你父亲的精子一起强行植入了我的体内，那是要把一个孩子带到这个世界上的恐惧。这颗种子不请自来，和你一起成长，它一直从你身上、从你的生活中汲取营养。

听到我怀孕的消息，身边的人都很高兴。没人感到意外，就好像两个人相爱，决定共同抚养一个孩子，这是理所当然的事情。但我一直觉得这很神奇，我不明白他们为什么那么容易就接受了。

我戒了烟。他们说，即使是一小杯酒也会对你有害，于是我又戒了酒，但我没有停止工作。我在大学教戏剧，那不是什么正式教职，只是戏剧史课程附属的戏剧社。上戏剧史课程的人是我以前的老师，他让我负责这门课中导演、剧作艺术和舞台表演的部分。我答应他，不是因为我对这门课真的感兴趣，而是因为这是一个机会。我对教学没什么兴趣，我只喜欢读书和写作。让我接受这个工作的原因，是我觉得学生或许可以成为试验品，上演我正在研究或写作的剧本。我想，导师知道我的想法，才给我这次机会。

我从来不是和学生打成一片的老师。我不喜欢和他们推心置腹，也不愿意和他们谈他们的问题，我不疏远，也不过分关心他们。

我只通过戏剧和他们交流。如果我教给他们一些东西，我知道他们会一直记得我。

你出现之前，我的生活就是这样。

你来了，从那天起一切都变了。我开始用不一样的眼光看待他们。他们每个人都可能是你，可能是追求你的男孩，与你亲密无间的女孩，也可能是背叛你的朋友。我从人类学的角度，冷静地观察每个学生，留意他们课间都聊了些什么。

我上课时，习惯让他们坐在地板上，因为不管是戏剧、导演还是剧作艺术课，都需要随时站起来表演。就像现在，他们在我面前席地而坐，我在听他们说话。

我总是在他们面前坐上几分钟才开始讲课，我更愿意让他们自己安静下来，让他们自己感觉有必要保持安静，而不是我命令他们停下来。

我把教案放在膝盖上，假装翻看笔记，或者找剧本里的某段文字。我低下头，不看他们，这样他们就可以畅所欲言。

我听他们聊天，把对话全记在心里，指望将来哪一天用得到。可是，我从他们身上学到的东西，对你一点用都没有。他们生活里那些正常、幸福的事情，和我们后来的遭遇没有任何共同之处。

喧闹渐渐平息了，教室安静下来。这时我会再等几秒，等气氛开始有点尴尬，他们的脑子开始腾出空间，那时才是开口的好时机。

当我告诉学生们我怀孕了时，他们说，他们早就知道了，看出来了。假如我教给了他们一些东西，那就是除了用眼睛看，用耳朵听，还要用心去感受。

按照规定，怀孕第八个月必须停止工作，迫于身体状况和你父亲的要求，我才停了下来。我开始喜欢教书了，因为工作能转移我的注意力，把我从焦虑和无止境的恐惧中拯救出来。

那时，你父亲刚创立自己的建筑设计工作室，以前他都是在为别人工作，总是要违心地在一些图纸上签名，他和其他人谈不拢，于是决定自己开创一番事业。他是个了不起的建筑师，尤其是一个好男人。我觉得，正因为如此，人们才放心把房子和梦想托付给他。工作室越做越大，他开始承接一些公共建筑的小项目，随着业务增加，他决心找一些合伙人。他招的全是刚毕业的年轻人，他们志向远大，但技术还不行。他总是浅笑着说："技术的事就交给技工吧。"面试时，他坐在那些来应聘的年轻人面前，看他们紧张得颤颤巍巍，却故意不谈他们在学校里做的项目、学到的机械的知识，而是说："让我看看你的作品吧，一件也成，但必须是你自己做的。"他就是这样选人的，但我得说，他从来没有看错人。

当时他刚刚开始建一所学校，工作室已经为这个项目策划了很久，正好在我怀孕时才动工。

之前，在他看来，这工作只是构造和材料的问题，但你来了，他看待工作的目光也变了，或者说他的心境变了。桌椅、黑板、花园、图画室，还有每面墙、每扇窗，他都想象着你坐在那里，靠在那里，或者探出头去。也是在那时，我们开始幻想你的样子，想象你是个什么样的孩子，长成了什么模样，脸蛋是什么样的，眼睛是什么样的。我们开始梦见你，你父亲频繁地梦见你。我们有时梦到你小小的，有时又长大了；有时梦到你长得很丑，有时又很漂亮；有时很开心，有时很伤心；有时是女孩，有时是男孩。

有一天，你父亲梦到你是个男孩。

这个梦都已经被我淡忘了，直到有一天，它又从我脑子里冒了出来，就像一巴掌狠狠打在了我脸上。你父亲一语成谶，但当时我们没有领会。当有一天我忽然间想起这件事时，我坐在椅子上，整个人都呆了。我屏住呼吸，生怕它又从我脑海中溜走。为什么直到现在我才想起来呢？有很多年，我一直在想：那场梦是不是要告诉我什么，是不是预示着什么，或那只是一场梦罢了。有很多年，这个想法一直在折磨着我，如果当初再心细一点，准备充分一点，我本可以改变事情的方向，可当我明白时，已经太迟了。

你父亲说他梦到了一岁大的你。你坐在桌子上，坐得端端正正。他坐在椅子上，正好在你面前。虽然你还很小，却坐得很端正：你挺直了背，胳膊放在身体两侧，双腿悬在半空中。你注视着你父亲的眼睛，你们相视良久，什么都没有说，带着笑意的眼里闪烁着爱的光芒，那是父女间的目光。

“只不过，那孩子不是女孩，而是个男孩。”他对我说，“因为他两腿间长着男性的器官。”

我记得，怀孕之后夏天最难熬。不再工作之后，我开始积攒力量为生产做准备。但天热得难受了，我爬到床上或在沙发上瘫着一动不动，傍晚稍微凉快些了，我才觉得自己活过来了，那是一天中美好的时候。我躺在昏暗的房间里，等你父亲回来，我喜欢他一回来就来找我。楼下大门关上的那一刻起，我就知道他回来了：其他人关门时都会砰砰响，唯有他会把门轻轻合上。那是十九世纪的大门，他动作很轻，不会损伤到它。我会听到他上楼梯，用钥匙开门的声音，他关门，弯腰脱鞋子，朝我走过来。我“听”到了他全部的动作，几分钟后他会来到我身边躺下，和我聊上班发生的事。

他会突然间停止谈建筑和工地的事儿，而是用手抚摸着我的肚子。他的声音变了，更加温柔，我明白他不再说工作的事儿，话题变了。“今天你做了什么呢？这个工地还顺利吗？眼睛完工了吗？小脚丫有了雏形了吧？慢慢来，这都需要时间。”他抬起头看我，一边说，“慢慢来吧，要完成这么完美的工程，需要花点心思。”然后他靠着我，对你说话，梦想着你的样子。

谁能想到有一天，你会让我的心血付之东流，你会抛开我精心的规划、完美的模板。谁能料到，你会把一切全部毁掉，重新打造一具身体。那医生不知道，我费了多大的力气才打造了这具身体，一切要从头再来。那戴着口罩的男人，在短短数小时里，会比我做得更好。

4

伊娃，你现在在哪儿？你的思绪飘到了何方？你醒来时又会是什么感觉？你一定觉得自己能重获新生，这个魔法可以让你脱胎换骨，但你还不知道，你的身体会千疮百孔，缝过的地方会肿起来，像一个被掏空了要制成标本的动物。

你会变成谁？你的声音会是什么样的？你会怎么呼唤我？你呼唤我时，我会马上转过身来，还是会想着那不是你？我会变成什么样？十八年以来，我都是一个女孩的母亲，现在我要变成一个男孩的母亲。

我也要从头来，从头学起，改变自己，成为一个新母亲。你如果重生，那么我也要重生。

我们是不是该重新相识，就像以前他们把你放在我肚子上时？我们会不会像之前那样，通过气味辨认彼此？

首先我们要缝合身上的伤口，等伤口愈合。你有你的伤口，我有我的。

我骗了你，伊娃。我骗了你，我说我会保护你，不让你受到任何伤害。我的宝贝，我说谎了，我知道我说谎了。我保护不了你，我无法让你免受别人的伤害，我伤害了你，也让你伤害了自己。

麻醉师从手术室出来，找我谈话。她想见见我，安慰我，让我放心。她是个意大利人，金发碧眼，长着一张温柔的脸。我估计她和我年龄差不多，可能是拉多维奇的老同学。

她坐在我身边，对我讲了你是怎么一步步被麻醉，失去知觉。她看起来心平气和，脸上总是带着微笑，可能因为她一直在给别人打麻药，那些药剂在她身上沉积下来了。她给你用了复合麻醉法，一部分静脉注射，一部分吸入。她说，一进手术室，她就马上给你打了镇静剂，让你放松下来。

你躺的病床滑过米色的地板，你进入手术室的最后一刻，我都和你在一起。我握着你的手，看了你身体最后一眼，那是我生的你的样子，我原以为那样就够了。

那些做母亲的都会犯错，很明显，我犯的错误更多。

我当时什么都没想，我费劲地思考，但一点想法也没有。我看着你，妄图把你的模样深深印在我心里，因为以后再也看不到了。你看出来了，只对我说："妈妈，让我去吧。"你紧紧握了一下我的手，给我放手的勇气。

手术室里，他们给你连上心电图测量仪、血氧仪，还有测量血压的手环，还加了抗生素输液袋，预防感染。

然后正式实施麻醉，先静脉注射了安眠药，然后才是麻药，消除痛感，最后用箭毒使肌肉松弛，包括用于呼吸的肌肉。他们给你插上氧气，连上自动供氧装置，这样即使你昏迷了，你的肺也能正常运作。

麻醉师说："我会用麻醉气体保持药效，所以叫作复合麻醉。"她让我不要担心，因为这类手术中，她全程都在手术室里，根据病人在手术中的痛感，调节吸入气体的浓度。

她是一个很有耐心、待人和蔼的女人，或许她学医时还不知道，她后来会帮助医生切除身体器官，而不是重建身体。他们把你手术的第一步叫作切除手术，要切除我精心打造的乳房、子宫、卵巢和阴道。

我看着她，猜测她的生活。我想，也许她跟我说话时，在想着自己的女儿。她女儿或许已经成年了，正和一帮朋友在一起度假，而不是躺在手术台上，让医生切除器官。我想到了认识我的人，他们知道我们的故事。我很肯定，他们在和我谈话时，都在尽量掩饰自己的同情和恐惧。

我问她怎样知道你很痛，然后调整麻药剂量。她说，要根据你的血压和心率来判断。

你的心脏说，好痛，她就过来安抚一下它。

5

你外公刚刚打电话过来了，他想知道你被“肢解”成什么样了。他没用这个词，但我知道他是这么想的。他本想让我拦住你，把你关进监狱或修道院里。他说，如果他能决定，他绝不会允许你这么做。他说：“事情会过去的，总有一天她会感谢你救了她，没让她做那么疯狂的事。”

“那一天永远都不会到来。”你告诉我，“我无论如何都会去做，你坐在椅子上等我也好，你不在场也罢，我都要做这个手术。”

我跟他解释说，还得再等等，这场手术很长，还要等几个小时你才能醒。他问：“现在进行到哪一步了？”他想知道细节。所有人都想知道细节。但我假装不知道，不清楚，我不想说，也不想解释。我不想告诉他：医生最先切除的就是你的子宫和卵巢，不过别担心，他们不会剖开你的肚子。我们之所以来这里，就是因为这位医生医术高明，能从你大腿间取出子宫和卵巢。他会把里面的东西打包取出来，把子宫像死掉的胎儿一样拖出来，不留痕迹。

爸爸，我知道，我也希望她能等等再切除子宫和卵巢。但我明白，你才十八岁，还不明白这些。

十八岁的你还一无所知。

你不知道，有些女人为了得到你丢弃的东西，会不惜付出一切代价；她们会倾尽所有，就是为了拥有这些器官，实现年轻时没完成的事：生孩子。这些你都不知道，你也不感兴趣。

我父亲还没挂电话，他说："希望她以后不会后悔。""但愿吧，爸爸。"如果你真后悔了，想回头，到时我也会帮助你实现，就算违背伦理和科学，我也要让你重新回到原来的身体里去。我既然答应了你一次，就会有第二次。

在所有人中，我最心疼的人就是他。你是他这辈子最爱的小女孩。我想，他爱你胜过爱我母亲，当然也胜过爱他的几个女儿。我父亲一直是一个粗犷的人，从不表露自己的感情，也从不过问我们几个姑娘家的事。我在他面前从没流露过自己的感情，也没想过要对他说我的心里话。他只是一个父亲，最多只和我聊聊学校、分数和老师。他在我身上花的时间很少，和我说的话也很少，也就是他每次回家脱鞋，脱下外套，解开领带的时间，之后他会转身离开，把我撇在那里，不管我还有没有什么要说的。就好像他已经听够了，好像我们之间的交谈对我没有什么用，只是对他有用。等他听到了想听的，他连招呼都不打就走开了。我才说到一半他就走了，这让我很屈辱。有时我会跟着他，想继续把话说完，结束话题，有时我会闭嘴，什么也不说。我再三告诉自己，不要再理会他，不要再给他让我只能把话说到一半的机会。可要不了多久我就心软了。因为他找我说话时，他关注我时，我会很开心，他毕竟还是我的父亲。于是我再次相信他，又会犯同样的错。

很久以后我才明白，他不是针对我，而是对我们几个女儿都不关心。

他希望这辈子能有个儿子，却低估了我母亲血脉中的女性力量。

母亲连生了两个女儿，于是父亲在我身上寄予了很大希望，希望我生下来是男孩。他做了一个奇怪的推算：母亲生我时，预产期和多年前他父亲去世时恰好是同一天，所以我应该继承他父亲的名字；而我出生时他三十岁，恰好也是他父亲生下他的年龄，是他父亲的第三个孩子，第一个儿子。

总之，他确信我会是个儿子，而我的出生打破了他的幻想。我出生时他不在医院，等他赶到时，我母亲已经休息了，我躺在她旁边。

他黑色的眼睛还没来得及看仔细，他还没有想清楚，他抬起一只手抓了抓浓密的黑发，想做出“我当然一样高兴”的样子。这时他看到了我，我觉得这一直都是让他无法释怀的一件事。我母亲皮肤黝黑，我躺在她温柔的臂弯中。显然，要分析我跟谁相像，就要往上追溯几代人。我的头发有些发红，很稀疏，皮肤特别白，长了些黄色的小斑。父亲转头，看向隔壁床的女士，发现那位太太是红头发，白皮肤，她怀里的婴儿皮肤黝黑，头发浓密。我母亲发誓，孩子绝对没有抱错；父亲也不承认他当时盯着隔壁床，大声说了句“孩子长得像父亲”。

我总觉得他不爱我，我想或许因为我是女孩子，好像这是我的错一样。我一直想，要是我是男孩子，我们可能会更亲密一些，但也可能不会。因为他生来就不爱和别人亲近，包括我母亲。

后来我才懂得他的爱：他会无条件支持我的每个决定；就算我做了错误的选择，他也会在经济上给我帮助；只要我焦虑、不高兴，或遇到了危险，他就开车过来解救我。他驱车几百公里，就是为了带我回家，让我处于安全的地方。我们可以在车里坐着，他开着车子，一路上好几个小时，一句话也不说。他不问我发生了什么，也不想知道。对他而言，情绪不重要，他只需确保我身体安全，确保我有钱花。他这辈子都在承担这个责任，保护所有家人。他把情绪放到一边，每次他说话、做事时，都会排除情绪，只看到实际的部分。他可以看我哭上好几个小时，不问我原因。我可以在他面前唱歌跳舞，吵吵闹闹，他的目光从来不会落在我身上。我们没有共同爱好，我没有吸引他的地方：我不爱运动，没学法律，我们不会把选票投给同一个政党。我学了文学，在他看来这个文凭没什么用。他让我随便选一个专业，错了也不要紧，影响不大。我一直在较劲，想在他面前有存在感，让他注意到我，好好看着我。

但我是女孩子，一出生就输了。

可我不会轻易言败。我考到了一份奖学金，要去很远的城市上学，终于有机会离开这里，再也不用和他生活在同一个屋檐下。我小时候的房间还是原来的样子，后来父亲刷墙时，把我房间里所有海报都揭了下来。他可能早就想那么做了：他揭了贝托尔特·布莱希特[①]、阿尔达·梅里尼[②]、平克·弗洛伊德乐队[③]的海报。我是一个思想极端的叛逆青年，断然不是他盼望的那个踏实、富有责任心的儿子，我只是个沉迷读书、热爱戏剧和音乐的女孩。

我们没有理由亲近，没办法因为哪次比赛或者投票结果一起欢呼庆祝。我们没什么好说的，只要我好好活着，没生病，没干坏事，他就随便我做什么。

但是他爱你，从你出生那一天起就爱你。尽管你也是个女

① 贝托尔特·布莱希特（Bertolt Brecht，1898—1956），德国著名戏剧家与诗人。

② 阿尔达·梅里尼（Alda Merini，1931—2009），意大利当代女诗人。

③ 平克·弗洛伊德乐队（Pink Floyd），英国摇滚乐队，成立于 1965 年。

孩。可能正因为你是女孩，给了他第二次机会，他不想让机会白白溜走了。他要看着你长大，每一步，每一句话；他记得你的梦，你掉的乳牙，你的眼泪。只有他有那么多时间去了解你所有的一切。他的性格没变，一如既往，沉默寡言，不流露自己的感情。但面对你，他仿佛凝聚了这辈子的所有感情，像建起一座堡垒，为了不让别人忽然闯入，他会躲到这个堡垒里，给你讲那些他从没有讲过的童话。

他叫你“小女孩”，我总是取笑他。他叫你“小女孩”的语气，比呼唤你的名字要亲昵多了。就像你是世上唯一的小女孩，没有别的女孩了，就算有，你的光芒也让她们黯然失色。他不叫你的名字，因为你的名字和别人的名字一样普通。他叫你“小女孩”，是他的女孩。他这样叫了你很多年，尽管后来你长大了，你后来变成女人了，你后来变成了男人。这件事原本只有他不知道，这让我心里更难过了。但电话响起时，我还是忍住眼泪，强迫自己面对这场让人悲伤的对话。他从没打电话关心过我，但你一出生，每天晚上他都要打我们的座机。

我和你父亲开始明白发生在你身上的事，察觉到一场风暴即将来临，会把我们的生活搅得天翻地覆时，我们首先想到的就是保护他。他那么爱你，那么严谨，我们怕他接受不了；怕这个变故会让他心碎，再也无法复原。我觉得我们做得对，总有一天，当一切结束时，他终究会知道，我们不再需要他，我们各自获得救赎。那时候，在家里的某个地方，他的碎片会落在地上，就像碎了的古董花瓶，一直留在原地。

6

我从来没想过去罗马，但因为奖学金的缘故，我不得已去了那里。这座城市对我毫无吸引力，从下火车那一刻起，我就明白这会是一段很艰难的关系，在后来的几年里，事情并没有发生变化。

我从小就生活在米兰，我向往英语国家和北欧。如果可以选择搬去什么地方生活，我希望向北走，那里天更冷，更阴沉，人们更拘谨。我根本就没有考虑过其他地方。

我以最高分从大学毕业，之后一年，白天我在米兰纳维利运河酒吧区的一家酒吧当服务生。晚上我唯一感兴趣的事就是去剧院，我什么都看。无论城里演什么，我每场都在。戏剧是我唯一关注的事情，我不挑剧院，甚至更爱去城郊那些很偏僻的小剧院。我尤其喜欢那些小众剧院，有时候我是少数的观众之一。我有个记者朋友，总是能帮我搞到赠票，后来检票员认得我了，就直接放我进去。我想，他们很少看见像我这么痴迷于戏剧的人吧。

戏剧是我的生命，我热爱戏剧，想要从事戏剧工作，想了解和戏剧相关的一切。我找到了自己喜欢做的事。虽然不是每部剧都喜欢，但我仍愿意坐下来等到落幕，听极少的观众发出零星的掌声。我几乎不怎么去大剧院，就是那些人们会买通票的地方。对真正热爱戏剧的人而言，那些地方上演的戏剧都不怎么样。我爱莱奥·德·贝拉尔迪尼斯；爱看马尔科·保利尼早期的小型演出；有几次，星期四晚上剧院里只有两三个人，会有新出道的乐队推出他们的专辑；我爱看埃利奥·德·卡皮塔尼以前的表演，那是他在莫雷蒂的电影里演贝鲁斯科尼之前；我爱达尼奥·曼弗雷迪尼动人心魄的动作表演；爱富有冲击力的桑塔加塔。[1]我总是坐在一个有光的地方，这样可以在看演出时记笔记。我的笔记里充满了各种想法和构思，我也不知道这样做有什么用，但我想把一切都记录下来。好记性不如烂笔头，我把每一场演出的时间、演员、导演和编剧都记了下来，并写下演出的情况和那场戏剧带给我的感受。尽管很多年

① 译者注：莱奥·德·贝拉尔迪尼斯（Leo de Berardinis），意大利著名戏剧演员、导演和剧作家；马尔科·保利尼（Marco Paolini），著名演员、编剧；埃利奥·德·卡皮塔尼（Elio de Capitani），著名演员；莫雷蒂（Nanni Moretti），意大利著名演员、制片人；贝鲁斯科尼（Silvio Berlusconi），意大利政治家、知名企业家；达尼奥·曼弗雷迪尼（Danio Manfredini），著名演员；桑塔加塔（Alfonso Santagata），意大利著名导演、演员。

没再翻开过，我还留着那些笔记本。现在想起来，这种做法有点可笑，当初我还不知道生活给我安排了什么样的剧本。

表演结束后，如果导演在那里，我喜欢等着和他们或和演员聊几句。我跟演员来到化妆间，坐在旁边看他们卸妆，把很少的个人物品放到包里。他们都很穷，这并不会让我难过，我反而很欣赏他们的气定神闲，坦然自若。运气好的时候，我还可以跟编剧交流。有天晚上，我见到了阿尔达·梅里尼。当时城郊的小剧院刚演完《邻家女疯子》，她站在剧院前厅，但我不敢走上前。她站在那儿，好像很害怕，那种恐惧仿佛形成了一道屏障，把她和周围的一切隔开来。我们对视了很久，目光里都充满了好奇。我想，她一定是意识到我不会冲破她周围的防线，就冲我微笑了一下。我回到家，不敢相信自己经历了什么：阿尔达·梅里尼的目光注视了我，那可是来自二十世纪意大利最伟大的女诗人，那对我来说就像一个神迹。

考戏剧艺术专业硕士时，我根据莎士比亚的作品改编了一出独幕剧。整幕剧中只有一个女演员在台上演出。女演员不同的姿势代表不同的角色：她端坐时，是凯旋的皇帝克劳狄奥；俯身时是惊慌失措的皇后格特鲁德，她和坐在地上的儿子说话；抬头向上时是和母亲说话的哈姆雷特。这部作品很大胆，让我都觉得难以置信，但获得了大家的认可。

我打算在罗马一读完硕士就回米兰，但我遇到了你父亲，我的计划全变了。他那时也在找地方安定下来。

我们没什么长远打算，只是在一起生活了几个月。我们沉浸在这座城市的氛围里，结交朋友，晚上去市中心散步，后来我把回米兰的想法抛在了脑后。最后他找到一家工作室，开始上班。我们只顾玩儿的少年时光似乎结束了，两人都长大了。

我们留在了罗马，在市中心找了一套位于四楼的小房子。一室一厅，有厨房、客厅和卧室。这儿很特别，天花板和地板都是木制的，有一种遥远的感觉。我可以骗自己：外面不是南欧，而是北欧，我可以舒舒服服待在家，做着自己的北欧梦。

待在家里是我最爱的事。

那些年，如果我和你父亲真有什么分歧，应该是我们对待世界的态度：他需要世界的滋养，而我逃避世界。

我享受孤独。他却喜欢与人来往。我的理想生活就是待在家里读书写东西，我可以连着几周不见人。而他如果工作结束后不出去透透气，会被憋疯的。最开始那几年，他每次下班回来，我都尽力去取悦他，强迫自己收拾打扮，穿好外套和鞋子和他去台伯河边散步。后来我觉得很麻烦。我想不通，明明可以待在家里，舒舒服服地坐在沙发上聊天，干吗非要跑到外面去，何必呢？“你不懂，世界很精彩。”他说，“你看看奔流的河水、街道，仔细观察每一个人，看看他们的脸。这些东西都在滋养着我，滋养了我对你的爱，滋养了我的工作，这对于我来说就是氧气。我整天关在工作室里，回来又关在家里，用什么来充实滋养我的大脑呢？”

不。我不同意他的话。对我而言，这个世界喧嚣无聊，散发着恶臭，很多人虚度时日，坐在酒吧说些无聊的话来消磨时间。一切都不值得看，这不是滋养，而是毒害。我唯一感兴趣的事情是看书，只有在书中，我才能找到庇护。戏剧在我的眼里也越来越黯淡了。那几年，罗马有些方言剧社和编剧，或以影视人物为核心搞的演出，真让我心烦。于是我更加沉迷于自己喜欢的事：读书，反复阅读，然后做笔记。我写过一些独白，和当时的环境格格不入，所以没有上演。大家都知道，在罗马，关系很重要，可能是因为我不认识什么人，也可能那些剧本本身不怎么样。我后来得出了结论：第二种推测最有可能。

我拥有书籍，还有你父亲。这是你出生前，我拥有的最重要的东西。

7

贝尔格莱德的天气变化太快了，简直让人惊异。尽管现在还是夏天，我们到的时候，灰蒙蒙的天空降下一场冰冷的雨，连绵不断。这个七月像秋天一样冷，其实他们事先告诉我们了。在这家私人医院花上几千欧，还是会有一些好处，他们连天气状况都会告诉你。拉多维奇的助理给我发了邮件，让我带些厚衣服来。她对我说，这个七月的天气太古怪了。我不禁微笑起来，他们的工作是把人的身体切开再缝好，巴尔干地区七月份天气忽然冷起来，他们就觉得怪了？

我们还在飞机上，天上就已经下起了雨。飞机落地后，我们从手提行李里拿出外套，穿在 T 恤上，才走出通道。机场很小，几辆破旧的出租车在等顾客，来这里的可能是生意人，也可能是来做手术的旅客。塞尔维亚的出租车司机眼神敏锐，车队第一辆车的司机一见我们从机场大厅出来，就和正聊天的人道了别，坐在了方向盘前。我们是一对母女，但这种关系不会持续太久了，他知道我们会上车，知道我们来这里干什么。我觉得很羞耻，真是有些愚蠢，经受了十八年的痛苦，我终于把你带来这里，却在一个司机面前觉得羞耻。我告诉他酒店的名字，他没听懂，他想看一下酒店预订单。我在包里找那张单子，这时候你出声了，你清楚地说出了酒店的名字。这时他发动了车子。

这是我们第三次来贝尔格莱德。我记得进入市区之前蓊郁的田野，我也认出了市中心的街道、东正教教堂，被北约炸掉的建筑，还有那些街道的西里尔字母[①]名字。我第一次来这里时，这些读不出来的名字让我很难找到路，我不明白他们为什么不用拉丁字母。你记得当我问一个路人时，他是怎么说的吗？他说："这是爱国的象征。"几年前，他们把所有街道名字都换回了西里尔字母。

从种族大屠杀到西里尔字母，我想，他们的文明真是向前迈出了一大步，但我这是出于无端的恶意。我亲手把女儿送上刽子手的手术台，我还有权指责谁呢？

我决定住在前几次来时住的一家酒店，酒店小而僻静，位于一栋大厦的第四层。大厦底楼乘电梯可以直达酒店大堂，虽

① 译者注：西里尔字母又称斯拉夫字母，是九世纪时基督教传教士西里尔为了方便在斯拉夫民族中传播东正教所创立的字母，被斯拉夫民族广泛采用。

然地方小，但灯光很亮。进入这样一个普普通通、没人认识你的地方，让我很有安全感。酒店并不漂亮，第一次来时，偶然选择住在这里，我们也懒得再另寻别处了。住在这里有一个很重要的原因，就是这里很僻静，没人看见你，这里过道昏暗，客人少，前台两个女孩也很谨慎。

我们第一次来这里是一年多以前，那次就像家庭旅行，我们是全家人一起来的。那是复活节假期，我们收拾好了行李，但我们没有去滑雪，而是来见你那个疯狂的“盟友”。

那次我们来这里时，在一间挂着雅致窗帘的小房间里，我们坐在白色皮沙发上等了几分钟，拉多维奇医生过来和我们握了握手。他的笑容、白色的沙发、金发的护士，都和你给我们看的照片里一模一样。医生是一个很有魅力的男人，身穿一件天蓝色的 T 恤，和他眼睛颜色一样。他用洪亮的声音自我介绍之后，先说了几句英语，后来换成了意大利语，他笑着为他的口音和微小的发音瑕疵道歉。在这个塞尔维亚城郊，在这个荒唐的地方，如果有人这时透过玻璃窗从后面看我们，也许会以为我们是来拜访老朋友的。客套几句后，他要去探望其他病人了，接过几通电话，他把我们交给了他的下属。

他的助理带我们参观了医院，像是要把这地方卖给我们一样：“每个病房都有独立卫生间，设施齐全，铺了大理石的地板和意大利风格的彩砖。”极有可能，他向每个客人都会重复同样的话，会按照客人的国籍改变瓷砖的国籍。

他给我们介绍医院的细节，就像在介绍一个传家宝。

出租车司机把我们送到酒店门前。我拿出了一沓钞票，这趟花了一千五百块塞尔维亚第纳尔，相当于十五欧。我们和之前一样上了四楼，前台的女孩问我们旅途是否顺利，然后把房间钥匙递给我们。客房放着两张床，还有一张书桌和一个衣柜。我瘫倒在床上，而你进了浴室。

我听到了水声，想到了淋浴下你的身体。

我在贝尔格莱德吃过晚饭后，就睡觉了。

8

在今天以前，我只在你出生时见过手术室。

你出生的前一天晚上，我梦到生你很容易，你像一颗小豆子一样从我的身体里蹦了出来，就像一根线从一道缝隙里钻出来。我一点感觉也没有，生完你，不一会儿，我就像正常人一样到处走动，好像根本没生孩子。只是我梦见自己不走寻常路，下楼梯也像猴子一样爬下来。

早上，医生给我做了超声波检查，让我住进了医院。他们说，羊水已经快没有了。我想象你在肚子里干巴巴、很口渴的样子。许多产妇来做检查时都带了待产行李箱，她们会把行李放在车上，但我连行李都没收拾。就好像不收拾行李，就能争取我们在一起的时间。

那天我和你父亲回到家，一起收拾了些我们用得上的东西。回到医院后，他们赶紧让我躺下，给我连上了各种设备。

我身上连着设备，听着你的心跳，就这样一直躺到了晚上。我跟着你的心跳，倾听着你向我走来的步伐。我想象这是一场辛苦的马拉松，你已接近了漫长跑道的终点。我轻声鼓励你："还差几步就到了。"每当我听到扑通一声，感觉到你摔倒，或心跳漏了一拍，我会急忙叫来护士。我告诉她："心跳好像有些急促，是不是缺氧了？"护士看着仪器，看了看绿色的小方格，对我说，一切正常，不用担心，也许是你在脐带上打瞌睡了。

那天晚上，我睡不着，耳边传来其他产妇撕心裂肺的叫喊，让我无法入睡。那就好像在一个精神科里，我想起来有一次我去那里看望我母亲的一个朋友。只有在精神科里，我才听见过这么凄惨的哭喊，只有患精神疾病的人才会这样毫无羞耻，因疼痛发出大声叫喊。或者是产妇，那些女人都知道这种疼痛，但她们还是会继续生养孩子。

天要亮时，我总算睡了一会儿。

天蒙蒙亮时，你还在冲刺。但我无法想象，你会从那么狭窄的通道里出来。医生准备给我做剖腹产手术，我同意了，我不执着于自然顺产。他们不需要硬挤，也可以像提取宝石一样把你剖出来。我觉得这样也好。所以当他们说"我们建议剖腹"时，我回答说："好吧，剖吧。"

你父亲不能进产房，病床被推进手术室之前，我和他打了个招呼。我撑着手臂坐起来，看他有些难过，大概他不想让我独自面对一切。他想拉着我的手，和平时一样陪在我身边。

助产师是个温柔的年轻女人，我和你父亲都很喜欢她。她也很关心我们，因为我们不怎么说话，安安静静的，对她怀有感激。她对你父亲说，我是名单上第一个做手术的人，我在门后面等着，而你会发出那天手术室的第一声婴儿的啼哭。这些话是她悄悄告诉你父亲的，像是生怕被持着手术刀的医生听见，好像这种过于人性的表现，会让她丢了工作。

你的第一声啼哭是我们可以传达的唯一信号，就好像是我们相遇地点的路标。当他们把你从我肚子里拿出来的那一刻，你开始啼哭。我看到了你父亲，他的脸贴在把我们隔开的门上，他的双手放在脸旁，泪水打湿了白色木门。

他们把我推走了，就像我是一个障碍，是你父亲第一个抱住浑身是血的你，他给你洗澡、做清洁，把你擦干，抚摸你，感受你的骨肉。他是第一个拥抱你，和你说话，用手抚摸你的人。那一刻，萌生了他对你一辈子的爱和牵绊。

你出生之后，和我同一个病房的是个弗罗西诺内省的女人，名叫凯蒂。她年轻漂亮，却比我更像一位母亲，而我也许永远都不会像她那样。她来自一个小镇，但我从来都记不住那个小镇的名字。因为我不感兴趣，我对她这个人一点都不感兴趣，我们之间毫无共同语言。她告诉我，结婚前她在超市工作，生了一个儿子后，就辞职了。她现在已经有了第二个孩子，更不可能上班了，毕竟总得有人在家照看孩子。她问我做什么工作。我说我是老师，没说任何细节，就是不想给她提问的机会，因为我不想回答。我很烦，也很累，只想安静地待着。

我们没什么共同点，也没什么话题可以聊。她整天都开着电视，大声打电话，而她丈夫来病房看她时，会坐在小桌旁的椅子上，头也不抬地玩半个小时手机，然后站起来亲一下她的脸，再亲亲女儿，像来时一样出去了。

我看着他们，觉得很恐怖。我觉得自己的社会地位和文化程度高人一等，觉得你会获得更多爱，你的未来会和他们的孩子截然不同。尽管我对她很冷漠，但她对我很客气，尽力向我示好，假装无视我对她审判的目光。她一直和我说话，无论如何都想送我一件婴儿的幸运小衣服。但我不想要，就算让你光着，我也不想让你穿那种化纤衣服。但为了让她高兴，我还是收下了。后来，我看着那个女人，我明白自己应该坐下，来向她学习。我人生第一次感觉自己要闭上嘴，好好看别人怎么做，而不是去评判。她把婴儿当作自己的一部分，那种亲密和娴熟，是那些懂得生命的人才有的。她的宝宝已经开始吃奶了，她很得意。助产师来教我们怎样喂奶时，我像大学上课一样认真听讲，怕漏了某个细节，永远都无法学会给孩子喂奶。

但凯蒂却不怎么认真，助产师一出门，她就换成自己的方法，说："她知道什么呀！"她告诉我，每个助产师教的方法都不一样，但还得自己摸索，找到自己的方法。"你有奶了，宝宝就会吃，否则孩子不会吃，不存在什么标准姿势，相信我。"她就是这么说的。宝宝吃奶，或者不吃，不在于姿势。她的动作和语言都流露出一种母性的娴熟，我可能永远都无法学会。我觉得，那种娴熟只属于一部分女性，只属于某些母亲，不属于像我这样的母亲。我抱着你，就像你是水晶做的，我害怕把你弄碎。我担心你哭起来，我安抚不了你，会打扰到别人。我不知道该怎么抱你，我一哺乳，我的乳房就感到一阵剧痛。我只好屏住呼吸，忍住不发出叫喊，实在受不了时，我就把你拉开。助产师说，我的乳头要起茧子就好了。她看了看我白到几乎透明的皮肤，说："我觉得你喂奶一定很痛。"

那时我才意识到，我以前学到的很多东西，从那时候开始，根本就派不上用场。

但凯蒂却什么都会，这些是她母亲教她的，也是她的天性。

我们出院时交换了电话号码。我知道自己不会打电话给她，但出于礼貌，我记下了她的电话。

这些年来，我有时会想到凯蒂。我想：如果她是我，她会怎么做？她会是什么态度？她会和丈夫暴打你一顿吗？还是会听你的想法，理解你，陪你做这些疯狂的事情？他们会不会把你关在家里，直到你回心转意，还是放你走，让你自己去想明白，发现自己到底想成为什么人？

他们会拯救你吗？

9

我出生时，我母亲还不到三十岁。这样的年纪，在那个年代真不算小，但我是父母的第三个孩子了，第三个女孩。

我父亲可能不怎么相信，但母亲固执地认为，有些女人的基因能决定她们孩子的性别，比如有些女性生不出男孩。我外婆生了四个女孩，我母亲生了三个女孩，我姨妈生了两个女孩，我几个姐姐一共生了四个女孩。

我生了你，也是女孩子。不过从概率上说，你应该是个男孩。你一定要打破全是女孩的“魔咒”，你“应该”是男孩。

硬币的正反面，红色还是黑色，奇数还是偶数，男孩还是女孩。最后抛出的结果是正面、红色、偶数、男孩，但你生出来还是女孩。时间好像停滞了，硬币落下时，永远停在同一面。

你本不该是女孩。

一定是在孕育的过程中出了问题，一定是发生了什么事，打断了孕育的过程，比如说某个分子忽然发生了变异，改变了你的命运。一对染色体出了错，而它正好会决定你是儿子还是女儿，是男人还是女人，是父亲还是母亲。那些染色体如同微观世界里奔驰的双轮马车，承载着一个生命的基因信息，决定着一个人成长的轨迹。

一开始，在母亲的肚子里，我们都是一样的。我们没有长全，并不完美，我们在羊水里快乐地游动，丝毫不知道我们即将面临命运的抉择。这时我们不是男人，也不是女人。

我们是天真快乐的小鱼。一开始的两个月里，性腺不重要，你是男是女不重要，重要的是你已经出现，蕴藏着一切变化可能。你的命运和未来由什么决定？同样一团表皮细胞，既可以分化成睾丸，也可以分化成卵巢。从这里开始，一直发育下去，一毫米又一毫米。生命的轮盘，稍不注意就犯了错。

我母亲家只生女孩的事，后来被写进一篇医学毕业论文。我姐姐在医院生二女儿时，认识了一个妇产科的学生，她对姐姐只生女儿的事很感兴趣，想以此做一项研究。她恰巧碰上了我母亲和姨妈在一起吃午餐，于是就采访了她们。我母亲觉得这事挺正常的，但在那个学生眼里，这好像是魔法或巫术的结果。因为找不到科学解释，她就很想搞清楚原因。后来，大家提到了我外婆以前向圣母许愿的事。那时我外公在外面打仗，外婆很久没有外公的音信了，于是她向圣母许了愿。当时她已经有两个女儿了，她许愿说：请让我丈夫安全归来吧，我愿意生养更多女儿，从我开始，我的后代也会生女儿。我外公如她所愿回来了，圣母玛利亚让她又生了两个女儿，也让后来几代人全部生了女儿。

无论真相如何，后来我外婆患了乳腺癌，短短几个月就病逝了。不过，这段传闻让我们家的事显得更加古怪。

我是父母最后一个孩子，他们认真地把 X 和 Y 染色体拼在一起，但我仍然是女孩，是他们生的最后一个女孩。之后我母亲放弃了，做了结扎手术。

我常常在想，怀上你的最初六十天里，我的肚子里到底发生了什么。你的细胞会不会试着抵抗，试着改变生长的方向，你会不会拼尽全力，拒绝那对强行插进来的 X 染色体。

子宫里一切都脆弱柔软，变化无常，一切瞬息万变。我想，就是一个小小的变异，就够我们痛苦余生。

10

这位塞尔维亚医生在设计工作室时，肯定费了一番心思，病人才不会相互撞见。

那位年轻的助理带我们参观了诊所，然后把我们带到一个墙上挂着巨幅画作的大厅里。他让我们坐在北欧风格的昂贵沙发上。拉多维奇进来叫我们时，我隐约看到他关上了身后的另一扇门，那扇门既是入口也是出口。

我和你父亲紧挨着坐在一起，在写字台下面，我握住了他的手，给他打气。我们一言不发，听医生讲手术的具体流程。我们本以为自己做好了心理准备，可看书上说的、和几个心理学家讨论是一回事；坐飞机，坐出租车，订好酒店来见你女儿的“刽子手”又是另一码事。他要在你女儿身上动刀，他一五一十地告诉你，如何把孩子的身体切开，扔掉不需要的东西，然后再缝起来。

你早就知道这些了，你把网上发布和转载的相关内容都看了。对于你来说，对于那些像你一样的人来说，这个医生是个明星，是一个偶像。人们在网上讨论他，把他当成了神，你在他面前的表现，如同一个面对电影明星的十六岁少女。

你问了一些问题，其实你早就知道这些问题的答案。你想确认手术结果是否和你希望、和你想象的一样。你很兴奋，我从没见你这么幸福过，你一点没考虑到要承担的风险。你的偶像说什么都是金玉良言，你好像也没考虑到你的肉体会遭受痛苦。

此时此刻，我们像是一个幸福小家庭，要为独生女挑一件十八岁成人礼。做父母的担心孩子面临的风险，而孩子已经按捺不住了。然而，我们讨论的不是摩托车的颜色，也不是小汽车的型号。

你想要的是一个新性别，还有一具男人的身体。

拉多维奇和我们大致讲了讲手术的过程，首先要做子宫及附件切除手术：切除子宫、输卵管和卵巢。他解释说，切除手术现在已经很先进了，不需要划开肚子来切除子宫和卵巢，只要轻轻在腹部打两个小洞，把手术工具放进去，从里面切除组织，然后从阴道取出来。就好像小孩游戏一样简单，完全没有自然分娩和剖腹产时的痛。

手术后，你的腹部会有两个小疤痕，两个缝过的小洞会提醒你：你以前是个女孩。

手术第二步是切除乳房。拉多维奇告诉我们，乳房是想变性的人最希望切除的部位，他们渴望切除乳房，摧毁它。

对于那些生活在不属于自己的身体里的人，乳房是首先要消灭的敌人。

你也这么想，你做女人的时间并不长，却一直和乳房对抗，把它看作需要消灭的敌人。命运多么讽刺，生活多么可笑，让我这种看起来像男生的平胸女人，却生下了胸部丰满的你。你的乳房很早就开始发育了，你遮遮掩掩，我很快就注意到那是你的噩梦。

那时你十二岁，那些和你同龄的女孩穿上比基尼，在海滩上招摇，想要告诉别人她们已经开始发育。而你穿着一件加大号的 T 恤，低头含胸走在路上。那个夏天，你决定再也不下海游泳了。你不愿意脱下那件宽大的 T 恤，你永远都不可能像别的女孩那样，穿上那种可笑的粉色泳衣，一半是胸，一半是垫片。我看你坐在太阳伞下，默默地忍受炎热，我觉得很受罪。我们和你谈了，但只能让你那样待着，我们想说服你，乳房发育没什么可笑的。你说，那不是可不可笑的问题，你觉得那很恶心。我们不再说什么，但我们心里很清楚。

你父亲提了一个疯狂的想法：“我们明天就坐飞机去国外，去世界上人最少的海滩。我们找一个没人的偏僻地方，就只有我们三个人，只有我们和大海。你要是愿意，甚至可以裸泳，没人看你。”

你头也不抬地说：“但你们还在。”

拉多维奇告诉我们，有两种方式可以切除乳房。有种简单点儿的方法，但只适用于胸较小的人：那就是围着乳晕切一圈，从开口处把乳腺切除，取出来，这样缝合后留的疤正好在乳晕周围，不会太明显。如果乳房比较丰满，像你这种，程序要复杂一些。我们要进行乳房全切手术，意思是把乳房全部切除，把乳头也切下来，缝在要长胸毛的地方，也就是男性胸肌的位置。他补充说：“这种方式有一个缺点，就是会在乳房下方留下两道横着的大疤，但乳头的位置更符合男性标准。”

你父亲松开我的手，双手掩面，遮住了他的眼睛和额头。他保持这个姿势坐了一会儿。不知道过了多长时间。他站起来出去了，后面的话他实在听不下去了。

拉多维奇似乎见惯了这种反应，他总结说：“手术很复杂，我们不能保证万无一失，但我们会把风险降到最低，恢复一般还需要很长时间。”

我出去找你父亲，后来在卫生间找到了他。他站在卫生间里呕吐，手扶着墙。他对我说，很抱歉。我抱着他，听他嚎啕大哭。我一直都知道：除了你，他也是需要保护的人。

11

你像一匹小马驹，扬起马蹄从远处朝我飞驰而来。这就是我第一次和你相遇时，我看到的你。

有些母亲说，她们第一次做检查时，看到屏幕上蠕动的影像，心里会很激动。但我当时没什么感觉，我感觉一切都很遥远，像是自动程序的一部分，不会把我席卷进去。直到有一天，医生让我侧躺下来，做超声波检查时，他说："太太，您要侧躺着，找一个自己舒服的姿势，因为检查时间有点长。"我照着做了，我侧身躺下去，曲着膝盖，做出一个防御的姿势，像一头疲倦不堪的母牛，躺在那里一动不动。

我躺在那里，闭上眼睛，我听见了你的心跳。我感觉你的心跳越来越近，越来越强烈。我仿佛听到了你的脚步声，听到你从很远的地方，从树林里朝我飞奔而来。就像是他们解开了你身上的缰绳，你自由了，你朝目的地跑来。我感觉你离我越来越近了，你的心跳越来越激烈，脚步越来越有力。你的眼神注视着我，一刻不停地朝我跑来。仪器发出震动，停下来时，好像你也停下来喘气，冲我笑。只有你笑时，我才发现你不是一匹马，你总算是我想象中的样子：长长的金发、光滑的皮肤、圆溜溜的褐色眼睛，还有像你父亲一样的大脑门。你在我肚子里活动、转身时，我觉得小马驹和之前不一样了，它的脚步慢了下来，好像要歇口气，又开始奔跑。

我听着你的心跳声睡着了，肚子里还有一匹小马在奔跑。护士叫醒我时，小马已经不在了，我只看到检测仪。但你和我在一起，你在我肚子里欢腾地活动，咯咯地笑——你来了，我们已经相识了。

从那天起，我们一直在一起。我能感觉到你在动，我在慢慢熟悉你，和你说话，逗你玩。晚上我躺在你父亲旁边，感觉是我们三个人躺在一起。你父亲抚摸着我的肚子，说："这是你的小巢。"这是你的家，是你捉迷藏时可以躲藏的地方。

我们聊到你的未来，你的生活，他说："你不要给她做规划，应该让她自己决定成为什么人，过什么样的生活，只能让她决定。"我想说，事情不是这样，她的人生不是由她决定的，而是生活和命运早就给我们选好了牌，我们只能一步步看到那些牌，用唯一的方式打下去。

12

不知道出于什么原因，拉多维奇费心地告诉我们：你的乳房以后再也不能分泌乳汁。我觉得现在不是担心这种事的时候，这根本没意义，对家属来说也太残酷了。但我想，这大概是他工作的一部分，他得讲清楚手术的风险：手术有可能会失败，可能需要第二次手术，甚至可能会有生命危险，还有一些副作用：你不能给孩子喂奶了。

我只是说："这我知道，我想象得到，我觉得可能也没有喂奶的需要。"

我说着这些话，感觉自己的乳头硬了起来，它挺立起来，似乎在寻找你。每次有人提到哺乳，我都会有这样的反应，这已经形成了身为母亲的条件反射。甚至很多年以后，我抱着别人的婴儿时，乳头还是会自己挺立，寻找需要喂养的孩子。

这是不可磨灭的身体记忆。

我怀孕时，觉得母乳喂养被高估了。我讨厌那些做过母亲的人随便问人："你会给她喂奶，对吧？"我觉得喂奶是个很私密的话题，她们却那样随便谈论。我觉得这是为了繁衍而建立起来的亲密关系，根本没什么可聊的。

我躲开这些女人，感到羞耻又愤怒。还有那些疯狂的女人，孩子三岁了，她们还在喂奶，简直太可怕了。我讨厌这些女人，她们坚决支持母乳喂养，拼命想把我也拉入那个完美母亲的团伙。我回答说："我不知道，看情况吧。实在不行，奶粉也可以。我现在不想聊这个问题。"

我分娩之后，在医院里助产师的教导下，进行了各种尝试，想给你喂奶。但整个过程很机械，我只是按照指南进行操作，完全无法投入进去，我唯一感到的只有疼痛。

生产后第三天，我们回到家，你不停地想吃奶，让我精疲力竭。肯定有什么地方不对劲。我不喜欢喂奶，你一过来吃奶，我就想把你推开。我感觉太痛了，简直无法忍受，我只能捂着嘴，忍住叫喊，我怕吓到你。

你父亲不愿再看我受苦了。你知道，他不喜欢太极端的事，而且那时他对我的爱要胜过一切，胜过你，胜过所有人。他当然不愿意看到我每三个小时疼得哭一次，于是他出门买了包奶粉回来。他说："没事，你也是喝奶粉长大的，也没见你发育不良。我们别那么强迫自己，别人说什么都信。"

我同意了，决定试一试。

而我的乳房开始无限制涨奶，一天一夜间，胸足足大了三个号。我觉得胸快炸了，又硬又涨，我必须把奶排出来。我对你父亲说："我们今天再试试吧，看结果怎么样。如果还是痛，就想办法把奶水挤出去，不哺乳了。"

但这次情况不一样了，不知道是不是因为我做好了准备，还是因为这是我最后一次机会。我觉得自己的身体起了变化，我好像找到了正确的姿势，或者就像医院里助产士说的，我白得透明的乳房总算长出了茧。喂奶变简单了，我不再感到疼痛，后来越来越顺利，直至最后没有感觉，甚至产生了快感。我终于明白，为什么有些女人会变成喂奶的奴隶，因为那已经不是单纯的喂养了。可能最初几个月是这样，后来喂奶变成一种单纯的满足和享受，就像特效毒品一样，会产生内啡肽，让人上瘾，从婴儿的嘴里发出，直到深入你的骨髓、神经和小腹最下面。

这应该就是那些疯狂的完美母亲想要告诉我的吧，并不是哺乳会让小孩增强抵抗力，可以让你在三岁之前少生病。真是胡说八道，等你长到三岁，奶早就没了，只剩下快感，是人能想象到的最极致的快感。喂奶就像一场乱伦，用奶水填满了你的肚子，同时满足了我的感官，这是你出生以后我的最大发现。

后来，喂奶变得简单多了。无论何时何地，你一哭，我就给你喂奶。有时我会在胸前盖上一块白色的麻布，有时公然喂奶。不是我在炫耀，但我已经觉得这不是问题。你出生后的六个月里，我和你父亲一直沉浸在喜悦里，因为你很好喂养。我们可以去旅游，晚上和朋友出去玩，早上只要没事就睡懒觉。

我一直和你在一起，我们相互滋养。我的乳房变得很大，最后成了原来的三倍大。你父亲的朋友有时会开些恶劣的玩笑，那些胸部干瘪了的母亲会向我投来艳羡的目光。她们没法相信，我少女般娇小的乳房，怎么能忽然成为产奶丰富的乳房，她们就算用金子也买不到。

我的乳汁源源不绝，就像一条河流。你会一头扑进去，贪婪地吮吸我的乳汁，一秒钟也不松口。你像是一条屏住呼吸的小鱼，忽然抬头，深深吸一口气，又埋下头去。你浮上来，就是为了再潜入乳白色的海洋。你在海中游动、进食，直到后来疲倦了，你抬起头，靠在我柔软的胸膛上。

你慢慢学会了控制吃奶的速度，明白了喝奶时也可以呼吸。你停下来时，你的金子也不会消失。你的鼻子贴着我的胸，小小的鼻孔翕动着，这样你既能顺畅呼吸，也可以继续进餐。后来你不那么着急了，你学会了享受。

我低下头，入迷地看着你的身体和脸蛋，我看着你耳朵后面蓝色的小血管，那些血管和哪些相通呢？它们就像一条条清晰的道路，交叉纵横，就像天上的星星，像交会的小船上缠在一起的缆绳。

我看到了你面前的人生，那么宽阔，充满无限可能，就像一片无限的海洋，你在那里可以学会呼吸。

13

你快要出生时，你父亲提前安排好了工作室的事务。他想尽量少花点时间工作，把生活重心转移到你身上。

你是上天对我们的恩赐，我们怀着喜悦的心情，度过了你出生后的第一个星期。你很安静，慢慢习惯了新的生物钟，一点也不用我们费劲。你睡觉时，我们也睡觉；你醒着，我们也醒着。我们就好像乘坐着一条小船，荡漾在风平浪静的水面上。我们完全不像那些朋友所说的，在孩子出生后的几个星期，他们会一直焦虑不安，精疲力竭。

我们的生活一直很平静。我们请了一个人来帮忙，她每天来家里打扫几个小时卫生。她早上进来时，我们一般还在睡觉，她轻手轻脚地干活，不发出一点声音。直到她听到你哭了，就知道我们醒了。你父亲起床，把你抱到我身边喂奶，再去准备早饭，端到我的床上来。然后他给你换尿不湿，擦身体，给你穿上衣服。我喂了奶就懒洋洋地躺回床上，剖腹产手术的伤口还是很痛，我也不想急忙照别人的建议去做。“你要尽快起来活动。”我母亲也在电话里鼓励我，让我不要一直躺着。我问她：“为什么要起来？现在不就是该躺着吗？”

你父亲给你洗了澡，擦干后，把你放回我身边，出去买东西了。我喜欢让他去买吃的，他买菜，做饭，他喂饱我，然后我喂饱你。他喜欢把这叫“幸福和谐的照顾”。那个星期结束之后，他回工作室处理他的项目，留下我和你单独在一起。

我记得，那天早晨他出门之前对我说：“来，我教你怎么给女儿换尿不湿。”我来到洗手台旁边，他手把手教我怎么取下你身上脏了的尿布，怎么给你洗干净，给你换上新尿不湿，怎么调节松紧，才不会勒得你难受，也不要太松，免得侧漏。我记得，他塞了根指头在尿不湿和你肚子之间，说：“这个松紧刚刚好。”

他把这个方法教给了我，现在可以让我们单独待在家里了。

就这样，我们两个人的旅程开始了，不再是你父亲照顾我们俩，而是我来照顾你和自己。

为了克服惰性，我逼自己每天早上出门。你父亲说，你需要呼吸新鲜空气，老待在家里对你身体不好。

最开始，我觉得很辛苦，但养成早晨散步的习惯后，我喜欢上了那种感觉。我们不慌不忙地做准备，慢慢穿衣服，慢慢走。我们不着急，我们生活在自己的时间里。外面的世界，我们周围的一切，节奏太快，太匆忙。窗户虚掩着，传来大马路的喧嚣，听得见行人说话的声音。我喜欢做个旁观者，看着这个世界。我观察这个世界，觉得一切都滑稽可笑：为什么所有人都要大喊大叫，东奔西跑呢？难道他们没有看到，生活就是爱，是母女之间的那种宁静的爱？

还记得有一天，我们散完步往回走，来到我们家旁边一所高中的大门前。差不多中午一点了，我等着最后一节课的下课铃声响，我想看学生从学校走出来，想看看那些正值青春的少男少女。我想看看你将来的样子：十五岁，十六岁，或十八岁。我想象你就是他们中的一员，你和男女同学在一起。我想听你说话，我想知道你说话是不是带着罗马口音，那是我学生说话的样子，而我不断纠正他们。你会不会疲惫地回到家，把书包扔在角落里，坐下来和我说你一天发生的事呢？

我驻足观察他们，想知道你会长成什么样子，成为什么样的人。我想象你就是这些孩子中的一员，不是最漂亮的，也不是最丑的。我想象你可能性格有点内向，身边有几个知心的朋友。我看见你和几个朋友说说笑笑，一边整理装满书的书包。我心想，这些男孩中，哪个是你最喜欢的，你是不是真心喜欢他，他有没有回应你；我默想，你回到家会不会告诉我你的心事，或者会假装什么事也没有发生；我们会不会成为朋友，在遇到困难时，我会不会是个好母亲。我看见你和好朋友一一告别，你亲吻他们的脸颊；看见你裹上外套，把手揣进兜里，最后和他们打了个招呼，满怀心事地离开。我看见你埋头走路，眼神一直盯着鞋，然后毫无征兆地抬起头，和我的眼神交会，又匆忙躲开。

但你不是这样，你不可能是那样，只是那时我还不知道。

14

从你出生那一刻起，我的生活就不得安宁。从你一出生，第一次来到我怀里，我就无时无刻不担心你会死去。

一开始，我以为这是因为你太小太脆弱了，但后来我发现事情不是这样。那种恐惧并不会随时间逐渐消散，忧虑像一颗种子，在我肚子里和你一起生根发芽。我也滋养了它，它也和你一起出生，从我给你喂的食物中吸取了养分。

一开始，你父亲以为我只是有点轻微的产后抑郁症。我害怕失去你，怕你出什么事，他觉得可以理解。但几个星期、几个月过去了，我的恐惧仍然没消失，忧虑一直盘踞在心底。白天让我喘不过气，晚上又让我睡不着。早上你睁开眼睛，我会为你又平安度过了一夜感到安慰：你好好的。

有人送给你一件婴儿衣服，如果对你来说太大了，我会把它藏起来，假装没有这件衣服，因为我想，或许你活不到那么大。我看到那些衣服就不安，感觉是不祥的预示。

我总是惶恐不安。白天你在婴儿房睡觉，我担心有人从开着的窗户爬进来把你偷走；晚上我害怕有小偷，于是让你父亲一遍遍检查门锁好了没有，我总是疑神疑鬼。

对子女的爱可以打开一个全新的世界，但对我来说却不是这样。从你出生时起，我就成了一只多疑的动物，充满警惕。我讨厌那些接近你的人身上发出的气味。我站得笔直，像守卫边疆的哨兵，提防着目光所及之处可能存在的危险；我总是高抬着头，举目眺望远处，侦察所有进入五十米范围内的人。我害怕人群，害怕嘈杂的人声、汽车的噪音，害怕空气中的灰尘。这份爱太过沉重了，让我承受不了，它把我死死困住，让我身不由己。这份爱让我非常焦虑，让我胃里难受，喘不过气来。我愣愣看着你，心想这份爱真是疯狂：想象着孩子长大，看见他们走路、跑步的模样，想象他们放学回家，饥肠辘辘，亲吻你的脸颊。这份爱让人疼痛，爱真是和死紧密相连，无法分开。人们该如何和癌症共处，和车祸共处？如何和毒品、街上的疯子还有人类的邪恶共存？你该怎样告诉孩子这些危险，告诉他不要和陌生人说话，不要被人欺骗呢？

任何一件小事就能让我害怕得喘不过气来，我只能逼自己不去想，假装那种恐惧并没有萦绕在耳边，折磨着我。只有假装这些与你无关，假装那种事从来只发生在别人身上，你才能保全自己。

有一次，一个比我年长的同事告诉我，她唯一的儿子二十岁那年被一辆私家车撞了。医院深夜打电话通知她，那时她已经睡了，她听到消息后就立即赶了过去。他们做了整整一晚手术，全力营救她儿子。主刀医生是他们家人的朋友，助理给他戴上手套和口罩时，他说："其实我希望他熬不过去。""可他还是熬过来了。"这位母亲说着，流下了自豪的泪水，"他很坚强，他熬过来了。"

只是回到家，那个孩子不再是之前的大学生，有一个女朋友和光明的前程，而是一个九岁的孩子，却拥有成年男子的身体。

他一辈子都只能这样了。

她的话让我觉得很扎心："我们总以为，不幸只会发生在别人身上，不会发生在我们身上，殊不知我们也是其他人的'别人'。"

我和你整天在一起。我躺在那里看着你，好几个小时都看着你。你吃奶、睡觉，我都在旁边。我想把对你的回忆全部都刻在心里，因为大家都说，这些事情很容易忘记，"等你多年以后回忆这些事时，只剩下一些模糊的印象了"。但我不想忘掉对你的爱，我想把它一直记在心里。

你出生前不久，我们搬到了罗马市中心的一栋楼里，有个太太住在我们楼上几层。她年纪很大了，一直都是一个人住，她从早到晚地喊女儿的名字：妮娜，妮娜……我们搬来前，她就一直在喊。“没人知道妮娜到底在哪儿。”他们说，“不知道是死了，还是去了别的地方。老太太自己也不记得。她说话颠三倒四，好像说女儿被人拐走了，然后就失踪了。”但有时候，妮娜又没有死，老太太喊她是因为她说了要回来。尤其是夏天，窗户敞开着，家家户户飘荡着各种声音和味道，“妮娜”的呼喊声就像歌一样响起。妮娜，妮娜，妮娜……直到声音消散在空中，只听得到最后一个字。你在我身边，我闭上眼睛听着她的声音。我有时候会昏睡过去，梦见了小小的妮娜和她母亲。妮娜跑啊跑，母亲叫她，于是妮娜微笑着向她走来，没有悲伤，根本没有觉察到将来可能发生的事，母亲和女儿手挽着手一起回家，最后消失不见了。

我醒来时，出了一身汗，我情愿这场梦是骗人的。妮娜已经不在了，她到底是死了，不见了，还是被拐卖了，我一概不知，但妮娜已经不在了。

15

昨晚，我在酒店里给你外婆打了电话。她是我唯一可以依靠的人，唯一在我濒临崩溃时可以支撑我的人。

即使她已经老了。

她没给我打电话，我不想听任何人的声音，她尊重我的想法。我知道，她现在肯定很担心，但她尊重我，没有打扰我。我对她说，我想一个人面对，不想听到任何人的声音，任何话，任何动静，让我想起自己是谁，要让女儿做什么。我想做个局外人，一名异国他乡的游客，默默来，然后默默离开。

我学会做一棵坚忍不拔的树，这是她教给我的。我们家里的女人，就是要把根深深扎进土地里。现在是她撑起了一个家，在她之前，是我外婆撑起了一个家。我父亲经常出差，我外公常年在外面打仗。

但她作为女性的处境，还有她应对世界的方式，在我看来是一种酷刑，那就好像她把自己活活钉在了土地里，尽管她很想摆脱。

她知道，她那个年代和我生活的年代一样，做男人比女人要容易。“我们女人容易被感情欺骗。”她说。那一次她和我父亲吵了架，我看见她哭了。我父亲沉默不语；但她却想交流沟通，让炽热的感情全部倾泻出来。

伊娃，你换了身体，灵魂会不会变？你的情感会变吗？你会拥有男人的感觉吗？行为举止会不会像男人一样？

我母亲一辈子从来没变过，一直是个坚强的人，却不知道如何把力量和严厉分开来。

小时候，我常常幻想自己有个温柔可人的母亲，哪怕性格柔弱一点，有时会犯错，道歉也无所谓，但更像一个有血有肉的人，承认人无完人，也不可能实现完美。但她不是这样，在青少年时期，我们几个孩子都明白了那种理想遥不可及，于是一个个都逃离她的控制，塑造自己的人格，通过各自的方式保持自己的不完美。但我们从来没有彻底摆脱过她，我们既想做自己，又不想失去倚靠的基石。

长时间以来，我都是最极端的那个：我直接离开了家。为了逃离她的控制，我换了一个城市，甚至出了国，我想保持自己的不完美。她假装不知道理由，放我离开，还为我打包好行李，让我走自己的路。我一安顿下来，我们就会通信，一封封很长的信。二十年来没说出口的话，我们都写在了那些航空信里。从写信到读信之间，把信投入信箱，到在家门口收到回信，这是一段等待的时光，一段沉淀的时光。比起收到回信，那种等待更让我和她息息相通，因为我知道，我写的信已经在路上，没办法改了，像说出口的话，没有改口的机会了。

我们在两个不同的国家，那一年，我们学会了认识对方。我第一次把她当作一个独立的人，而不是一个角色、一条规则或一成不变的形象。

她说她想我，这是她一生中说出的最深情的话了。那时我觉得，父母和子女间的感情其实不必说出口，有那层骨肉的关系就够了。我总觉得好像缺了什么，心里空荡荡的，只不过后来我才明白我缺少的是什么。后来我才明白，被父母所爱和感觉到他们的爱并不是一回事儿。成年人觉得那是自然而然的情感，不用说出口，但小孩子的感觉完全不同。被爱和听见他们说爱你，会给生命带来不一样的力量。你听见母亲说爱你，说你是她在这世上最珍贵的宝贝，和你仅仅猜测她爱你完全不一样。

当你来到了我的生命里，我每天一定要说我爱你，才知道那个空洞是什么。我不能怪罪任何人。我猜这是文化传统的缘故，和我父母接受的教育相关：力量是严厉的近义词，严厉是教育的近义词。

我有时在想，要是发生在我们身上的事发生在她身上，她一定不会接受，也不准这种事发生。但我像一块烧红的铁，被生活锤打、塑造，一步一步妥协。但她不会认输，她会抗争到底，她一定会在事情走到这一步之前拼死抵抗。妥协意味着失去控制，她不允许自己妥协，失了分寸和判断。只有一次她妥协了，虽然现在回想起来，不是什么大事，但我当时和她闹得很凶。我至今都不知道为什么她后来妥协了。

那时我十五岁，有好几年我都只穿黑色衣服。她隔三岔五、想方设法劝我放弃这种风格，她说那看起来太傻了，对一个小姑娘来说，也不合适。但我就是喜欢黑色的衣服，我一直很讨厌花花绿绿的衣服，穿上特别不自在。总之，我没太在意这件事，我以为她会习惯。如果她不找我茬，我也不会跟她对着干，但她再三要求我扔掉黑色的衣服，一直逼迫着我。她心平气和地和我说了很多次，我感觉她要开始和我斗争了。也许是因为我觉得她的想法不对，我决定拼命反抗。她想到了对付我的办法，有一天放学回到家，我发现衣柜全空了，我只能穿身上那套了。她说，她愿意和我一起去买新衣服，条件是必须选不同的颜色。她想尽办法说服我，她觉得我的选择充满了报复的意味，可能是为了惩罚她。我对她说，我一点儿也不想买新衣服，我让她把旧衣服还给我，可她根本不理我。于是我只能穿着身上唯一的那套衣服，睡觉穿，出门也穿，我知道这会火上浇油。我父亲站在她那边，这让我很难过。因为父母和儿女之间的斗争不应该有失公平，他们却联合起来对付我。

有一天，我洗澡时，她把仅剩的几件衣服也拿走了。从那天起，我就不再出门，那两天内连学校也没去。直到她让步，我们两个倔脾气之间的战争才宣告结束。没人再逼我穿其他颜色的衣服，也没人觉得我穿黑衣服很奇怪。

除此之外，我母亲和我发生争执的时候，从来都没有让过步。

也许因为这个原因，在你面前，我想做一个不一样的母亲。当女儿是一件不容易的事，对其他人言听计从是一种奴性，我应当奋起反抗。

逃离是唯一的选择。我从母亲身边逃走了，很多年以后，我才明白根本没有用，我还是一如既往地爱着她，爱她本来的样子。但我不许你做同样的事，我们的时间不多了，如果我把你放走了，你就再也不会回来了。我再次找到你时，你已经成了另一个人。前几天，我想起了你小时候爱听的童话，我想，我大概就是故事里小白兔的妈妈。小白兔对妈妈说："我要逃跑。"小白兔妈妈回答说："如果你逃跑了，我就在后面追你，因为你是我的小白兔。""如果你追我，"小白兔说，"那我就变成池塘里的小鱼游走，离你远远的。""如果你变成池塘里的小鱼，"妈妈说，"我就变成渔夫，把你钓起来。""假如你变成渔夫，"小白兔说，"我就变成山上的岩石，比你还高。""如果你变成岩石，比我还高，"妈妈说，“我就变成登山的人，爬到你那儿去。”“如果你变成登山的人，”小白兔说，“那我就变成秘密花园里的一株草。”“如果你变成了秘密花园里的一株草，我就变成园丁来找到你。”“如果你变成了园丁来找我，我就变成小鸟飞走。”“如果你变成了小鸟从我身边飞走，我就变成一棵树，让你来我的枝头筑巢。”“如果你变成一棵树，”小白兔回答说，“我就变成一叶帆船，从你身边划走。”“如果你变成帆船从我身边划走，我就变成一阵风，把你吹到我想让你去的地方。”“如果你是一阵风来吹我，我就加入马戏团，坐上飞毯溜走。”“如果你坐飞毯溜走，”妈妈喃喃地说，“我就变成杂技演员，从空中把你接住。”“如果你是杂技演员，在空中飞行，”小白兔不服气地说，“我就变成小宝宝，跑到房子里去。”“如果你变成小宝宝，跑到房子里去，”兔妈妈笑着说，“我就变成你妈妈，把你搂在怀里，紧紧抱住你。”“哎呀！”小白兔叹了口气，说：“那我还不如留在这儿，做你的小白兔呢。”

它就乖乖做了小白兔。

我在想，兔妈妈会怎样回应你的请求。她大概会说：“如果你想在十八岁时切除自己的身体器官，改变性别，那我就带你来到这遥远的地方，满足你的愿望。我会坐在外面，等一切结束，等你出来。”

16

因为你是夏天出生的，所以我和学校说，那个学年第一个学期我先不上课，我计划一月份回去上课。但等到圣诞节，我一想到要和你分开，心里就很痛苦。我不想把你交给任何人，不想错过和你在一起的时光。于是我告诉学校，我直接下一个学年再去上课，替我代课的老师很高兴。

那一年我和你形影不离，我常常想，我们能抵抗住后来的冲击，这都得益于那个阶段我哺育你，与你的情感交流。

你的儿科医生很专业，她说："您抱着孩子，要尽可能体会她的感受。这是您留给她最好的财富，比金钱还要宝贵，这会让她今后成为一名自信强大的女性。"

有个问题我想了很久，假如我们最初的关系就有问题，谁能给我正确的答案？是不是把你抱得那么紧，那么久，恰恰是这一点害了你？

做母亲的总是犯错，一直在犯错。我错了吗？发生的这些事是对我的报应吗？多年来，我一直问自己，发生这件事，我有多大的责任。但我答不上来，伊娃，等你醒过来时，你可以告诉我吗？我们能一起创造一个新的未来吗？

也许我们可以重建过去，创造一个新的美好回忆。我们假装不记得你生来是个女孩，我们重新创造历史，重新整理记忆里的画面，我们修改那些照片，重新做一本相册。

我把你摔碎的相框放在文件袋里，保存了很多年，里面还留着已经撕烂的或揉成一团的照片。我留着这些东西，就是希望有一天碎玻璃能再拼好，我们回归正常生活，回到你刚出生那几年无忧无虑的美好时光。你把怒火都撒在了那些照片上：穿着尿不湿光溜溜的伊娃；坐在清澈海水里的伊娃；父亲睡着了，在他怀里醒来的伊娃；每年和我们的朋友以及他们的孩子一起过圣诞节的伊娃。你把过去的照片撕碎，你觉得这样有用，玻璃碎了，你才能更轻松地创造未来。

我一点都不想回去工作。我和你安安静静待在家里，这是最理想的状态。很多母亲抱怨说，孩子出生之后那几个月的生活寂寞苦闷，整天和婴儿共处一室，都没有一个大人能说说话。我们整天待在一起，就我们两个，但我觉得很幸福，我从来没有状态那么好过。总之，我只需要照顾你，除了考虑你的需求，没什么别的事要做。时间慢慢过去，我们也不急。我只需跟随着你的动作，满足你的需要。我熟悉你的节奏和变化，我会提前满足你的需要，不会让你饿得哇哇大哭。

你很乖，我很放心。你很安宁，我也安宁。其他母亲说的那些烦恼，对我们来说像是天方夜谭。你睡觉时，我趁机打扫房间，有时还能看看书。在这个世界上，没有什么比这种生活更完美了。等你父亲晚上回到家，我就有时间做自己的事了，可以见见朋友，或什么也不做，休息一会儿。

后来到了我们必须分开的时候。第二年九月，我们的生活轨迹基本上就分开了，一天的大部分时间我们都不在一起，你去托儿所，我去大学。

和你分开让我很痛苦，分开第一天我就有些承受不住了，我找了个借口，躲进了洗手间，我不想在学生面前哭。我回到教室时，有人笑着问我是不是又怀孕了。

我一直在想，如果没把你送去托儿所，而是一直和你在一起，是不是我就能注意到你的问题，提前预料到事情的发展，事先进行预防。

我一直在想，你刚出生那几年，我其实可以意识到将要发生什么。如果我一直在那里，每一天，每一个小时，我是不是可以避免这个悲剧？

然而我知道，就算真的有那种时刻，我肯定也不愿意看到。

我肯定会转过头，看向别处，希望那只是临时的，不过是一个过渡，一次偶然事件，事情发展的自然阶段，时间会安排好一切。

我让你去的那个托儿所，不分男女，不穿统一的服装，也没有那种角色扮演游戏，可以让我看到发生的事情。你按照自己的想法去做，却不知道那代表着什么。你不懂那是对还是错，是好还是坏。你天真无邪，什么都不懂，你没有明确的意图。你只是整理好思绪，握住手中的“牌”，迎接自己的生活。

17

到了幼儿园，事情发生了变化。女孩子更像女孩子，男孩子也更像男孩子了。女孩聚在一起梳妆打扮，拎着裙子转圈。她们穿上鲜艳的衣服，围在一起有说有笑。你只是远远看着，没法加入，但你也不知道这究竟是为什么。

后来，我们家亲戚都知道：你不像个女孩子，喜欢玩男孩子的游戏，你不喜欢玩洋娃娃，而是喜欢玩沙土。

我把你当作文学作品里的女英雄，她们不喜欢打扮得像个公主，而喜欢骑马，我为你的特别感到自豪。有些女孩三岁就学女人一样打扮，让我看着头疼。还好你不像那些女孩，放着舒服的裤子不穿，一大早起来就又跳又闹，非要穿公主裙上学。

有一天你跟老师说，你想当个男生。

她笑着告诉了我这件事，我只是觉得这很特别，但也没什么好担心的。

我决定一直保持这种态度：你只是很特别。

你们的老师像平时一样，上课时给你们读书。那是一本关于梦想和愿望的书，名字叫《你想变成什么》。第一个故事是一个小女孩想要变成一条鱼，享受大海的宁静，在其中自由自在地游泳。而鱼却想变成猫头鹰，除了能在天上自由飞翔，还可以吃老鼠和兔子。每只动物都想变成别的动物：大嘴鸟想变成变色龙，逗它的朋友玩；变色龙想变成猫，被小孩子抚摸（毕竟，谁想摸一条变色龙呢）。就这样，你们这些孩子也开始玩这个游戏，异想天开那些自己没有、也不可能拥有的东西，幻想成为自己不可能成为的人。

那些女孩无非就是梦想自己变成公主、仙女和女王，但你不是。

你当然要选择变成一个男生，你说，因为你想有个“小鸡鸡”。

你一说完，其他小孩子都哄堂大笑。他们觉得，变成一条鱼在大海里游泳，或变成长着透明翅膀的仙女，都要比由女生变成男生容易得多。但老师很优秀，她很重视你的梦想和愿望，对你的态度和其他人一样。她让大家解散，这场游戏才宣告结束。

我把你哄上床睡觉，把这件事告诉了你父亲。

他不像我一样，陪在你身边那么长时间，没有每天去学校接你，没见过你在地上打滚，浑身脏兮兮的样子，没有像我一样，远远看着你和男孩子打闹，然后你看到了我，会朝我跑过来。

他只看到他想看的。

我不想说出我的怀疑，因为说出来就是一种审判。

这件事情像蛀虫一样，让我的脑子无法平静。可是我不想听，也不想看。只是现在想起来，以前害怕的事和即将面对的现实比起来，根本不值一提。

晚上我戴上耳塞和眼罩，以为这样就可以不做噩梦了，但是那些噩梦无孔不入，像针头一样从枕头缝隙里钻了进来。

你的老师假装不在意你疯狂的想法，但我从她的话里听出来了，她想知道你后来有没有类似的表现。她总是问我一些听起来有些病态的问题，旁敲侧击。她让我坐在教室一角，听她小声讲她知道的理论，还有她的经验，这让我很烦。我感觉其他家长都在看我，我不想和她走得太近，我试着躲开她，躲开其他人的眼神。

她没发现，其他人没发现，那我也就发现不了。

我没有告诉她，几个星期之后，你在许圣诞节愿望时，又提出了这个想法。你想让我在给圣诞老人的信里写：亲爱的圣诞老人，我希望的礼物是一觉醒来，“小妹妹”变成“小弟弟”。

我在信里写上这句话，然后把信撕了，就像那是一个很不得体的想法。

我们决定找你的儿科医生谈谈。她说得很模棱两可，只给了我们一些普通建议。她让我们冷静下来，说没必要太担心，你的个性和自我还没完全形成，还得等一等。四岁的小孩子，很多都还相信魔法，相信想象中的事都能实现，都能变为现实。

可她没有告诉我们，你为什么就想成为男生。

圣诞节如期而至，我希望你已经忘了许下的愿望。那天早晨，你在圣诞树下拆了许多礼物，却唯独没找到你真正想要的。

18

“我们家族的女性生育能力很强，一个眼神就能怀孕。”我母亲总是这么说。就好像我们家族的女性轻而易举就能让“小蝌蚪”进入肚子里。

我大姐简直想生几个就能生几个，她想要三个孩子，每两年生一个，她分娩了三次，每次都正好隔了二十四个月，生的当然全是女孩。还有我的二姐，她根本就不想生孩子，她一直都活在怀孕的恐惧中，但是精子最后还是突破了她的防御措施，驻进了子宫，她怀孕了。后来，生这个女儿也给她的生活带来了天翻地覆的神奇变化。我也确认了这个事实，我想怀你的时候，一个月后，你就来了。

但有一件事情，我从来没告诉过你，也没告诉过家族里生育能力很强的女人：我并不是一直都这样。你出生后几年，我们想再要一个孩子。我以前从来没想过拥有一个热闹的大家庭，你是我们爱情唯一的结晶。只是，有了你之后，看着你学会走路说话，你看着我，你学会自己行动。我发觉，做母亲的这几年才是有生以来最美好的时光。我不喜欢当女儿，让别人决定我的事情，替我决定怎么做，什么时候做，为什么做。正因如此，我从来都不逼你，从来都不强迫你做任何事。我觉得，母亲应该是一个开明的管理者，母爱和奉献是我最看重的东西。我也知道，生活上很多事情我不上心，有时候搞得一团糟，但当母亲这件事，我很擅长。

我和那些整天担心孩子、黏着孩子的母亲不一样，我不会把孩子逼得喘不过气，我很快学会了和你产生共情。我从来不会忽略你的愿望，不管它有多小，多无关紧要，我都不把它当成你的任性，不会想办法让你转移注意力。我讨厌这种做法，讨厌那些不正视问题的母亲，她们会打岔，转移孩子的注意力，让他们去关注一些无关紧要的东西。但我不会，我不会转移你的注意力，我想让你了解自己的兴趣。我知道这要花时间、精力，还要有爱。听了我的话，你会明白的。有时我们会很难过，有时我们能找到别的办法，我们总能找到解决问题的办法，我们会从危机中出来，你走在前面，我在后面，最后我让你来想办法。这方法很奏效，每当我找不到方向时，你就会指给我该走的路。

我们相处得很和谐，其他母亲问我："你是怎么做到的？”或者她们会说，“为什么你的女儿又乖又听话？”她们惊讶地看着我们，有时还很羡慕。但危机来临时，那些羡慕我们的人只知道躲在角落里看热闹。

我和你父亲决心再生一个孩子后，我们有条不紊地开始筹备。一个月又一个月过去了，第二个孩子并不是轻而易举就来了，而像索要一份赠礼，我们用最原始的方法进行尝试。

只要一想到生孩子，我们就兴致勃勃，因为早就知道了欢爱的结果。我们家族里女性的生育能力很快在我的体内显现，第二个月我就怀孕了，和怀你时一模一样。反应也一样：胸脯发胀、孕吐、脾气变差。但有什么地方出了问题，事情突然偏离了正轨，几天后那个胚胎就从我大腿间溜走了。面对这种情况，他们说：“自然做出了它的选择，这个胚胎的基因或者说染色体可能有问题吧。”我们没太在意第一次的失败，接下来的几个月，我们又接着尝试。他们说：“这很正常，尤其生二胎时，这种情况很普遍。”第一个月，第二个月，直到第三个月，我开始焦虑起来。第四个月，我来月经了，我开始大发脾气，好像问题不在自己，而出在别人身上。后来又过了几个月，还是什么也没有发生。

就好像那些强大的基因在我第一次怀孕时，就用尽了全部的力量，我的身体现在投降了。

我什么也感觉不到了，连之前感觉明显的排卵期也感觉不到了，更不必说经期结束时出现的反应。我的月经常常推迟很多天都不来，我对你父亲说："没事的，我知道的，没必要去做尿检和采血，我都知道没怀上。"

我们约了一个有名的妇科医生，人们把他奉为神灵，认为他可以解决所有生育方面的问题。这个神医给我们做了检查，但结果不容乐观，问题出在我身上。因为某些未知的原因，我们家族几代女人特有的生育能力在我这里不灵了。"我们家族的女性生育能力很强，一个眼神就会怀孕。"到了我这里就山穷水尽了。他给我们开了些药，说："这是无副作用的促进剂。"我问他这药有没有用，或者说，这是否只是安慰剂，又会让我们浪费几个月时间，空欢喜一场。他温和地笑了，好像对一切都了如指掌的老年智者，回答说，很多病人药没吃多少，就又来找他了，一个月之后，一切都步入正轨。

他补充说，生孩子不是什么难事，连被社会抛弃的人都能做到，比如那些身体很差的女人，吸毒、酗酒的人都做得到。

三个月后，我的肚子还是空荡荡的，我带着吃完的药盒去见他。

我比吸毒的人还没用。

他这次又给了我们一些药，并建议我们保持身心愉快。"要开心，你们放松点嘛。"他露出一个和善的微笑，对我说，"那些孩子都从云端往下看，你觉得他们会选择一个伤心焦虑的妈妈，还是会选择一个温柔开心的妈妈？”

我本来想对他说“滚”，但他是我们最后的希望。

然而这一次依然徒劳无功，云端上的小宝宝选择了别人。

他这次终于无话可说了。几个月以来，我们花了那么多钱看病，这位智者面带微笑和我们握了握手，就把我们打发了。他说：“那么从现在起，只能试试生物医学了。”他在有抬头的信笺上刷刷写下一串电话号码，说：“你们联系她吧，我相信她的技术。”

我把那张纸揉成一团，放进包里带回了家。那段时间，我们俩再也没有提过这事儿，但我们默默思考着同一个问题。随后，我们打破了沉默，我和你父亲开始争执不休，对这件事的看法完全相反。对我来说，那是一个简单机械的手术，又不是没人做过，只要结果是好的，过程怎么样都无所谓。但对他来说却不是这样，他不能接受用试管培养一个孩子。那段时间真的很难熬，我们的爱情渐渐冷却，出现了裂痕。他根本就不考虑试管婴儿，他觉得那是一种野蛮的做法，他从来没想过会采用这个办法，一口就回绝了。我不断催促他说，我们不能再等了，再等下去，我都快成老太婆了，身体会越来越差。我们躺在床上，晚上焦虑不安。每天早上把你送进幼儿园后，我们又开始争执。我们装作什么事也没有，但两人之间剑拔弩张，变得越来越疏远。其实，我们都在悄悄思考那些问题，上网用搜索引擎寻找答案。

有时候，早上我睁开眼睛，心里好像压着块大石头，眼泪忽然就流了下来。我感觉自己被生活欺骗了，我遭到了背叛，身体不听指挥了。我以为自己是不会死的，但现在我觉得自己也是肉体凡胎。我老了，生不了孩子了。

直到有一天早上，我还没起床，你父亲把你送到幼儿园后，他没有去工地，而是回了家。他对我说："好吧，我们试一试。但你要向我保证，自己掌握得了分寸，保证无法挽回时要及时撤退，不能太执着。"

我抱住他流泪，紧紧抱着他的脖子，像每次失败后那样。

我们开始到处求医，做检查，在肚子上打针，注射药物和激素，抽血。为了怀孕，我们花光了积蓄，一轮下来，光是打针就要花三千欧。

就像在玩反向的俄罗斯轮盘，我们要的是一个生命，我们愿意面对贫穷和饥饿。

我从没和任何人说过这件事，除了我最好的一位朋友，还有我最依赖的母亲。除此之外，没有任何人知道我们选择了这条道路。

我常常在想，这是一个正常且普遍的问题，我为什么把它当成一个秘密，偷偷摸摸地进行。我的答案是：我不愿意激起别人的同情，可现在我明白，这不是真正的原因。而是因为我不想让别的女人觉得，她们拥有我得不到的东西，不想让我的朋友在告诉我她们怀孕了时，觉得愧疚，也不想让我的不幸影响到她们的愉快心情。

那年很特别，我周围有十个怀孕的女人，我一直怕她们发现我的失败。每次聚餐，她们宣布喜讯时，我都能努力挤出微笑，给她们一个吻。我总能事先知道聚会的原因，总是很长时间不见面，收到邀请，看到她们因为妊娠反应而苍白的脸色，发现伴侣对她们太过关注和呵护，最后证实我的推测的是：饭前的无酒精开胃酒。这时候，我一下子全都明白了。她们小口小口地抿着果汁，我大口喝着加了很多酒的“斯普莰”鸡尾酒，等她们宣布好消息。

我和她们聊给宝宝取什么名字，聊怀孕会腿肿，一直聊到最后上点心。我假装自己很满意拥有一个小家庭，身材没走形，丈夫很体贴。

我假装自己不适合大家庭的生活，有一堆孩子要管，要叮嘱他们不要在太阳下暴晒，还要看着他们，让他们吃饱了饭别下水，想想都可怕。我们需要安宁的日子，我告诉她们，现在这个样子就很理想，一个孩子就够了。

直到我回到家里，关上房门，我又会觉得一阵阵痛苦和恼怒，那种疼痛感那么强烈，让我觉得很不正常。

你父亲一直都表现很好。每次我们要重新开始，他都会负责照顾我，他会亲自完成一系列工作。他会负责办手续，买药。他知道该买什么药，什么时候吃，什么时候要给我打针。如果我很疲惫，接受治疗让我很沮丧，他就会照顾我们俩。他从不抱怨，从不退缩，从不让我一个人面对。我最后放弃时，他也不问我原因，只是说："好吧。"从那天起，我们再也没有提起过这件事。

你那时候快五岁了，你喜欢把洋娃娃的小裙子和衣服脱掉，只留下光溜溜的、看不出性别的身体。

那时候我还不知道，从今以后我们要面临另一个考验。

19

拉多维奇从手术室里走出来，他打开门时，里面的声音也一齐涌了出来。门在他身后自动关上，又听不见声音了，走廊安静下来。他向我走了过来，走到我面前，他才拉开口罩说：“第一部分手术结束了，我们完成了子宫切除。”他的话里不带一点儿感情色彩，好像他说的不是一个可怕的事实：在你昏睡时，一群医生把你的腿分开，取出了你的子宫和卵巢。

以前有次见面时，拉多维奇已经告诉我们，这是手术中最简单的一部分。他们在你的肚脐眼打个孔，植入摄像机，再在身体两侧打孔，让手术器械在里面切断血管，移除子宫和卵巢。不会留疤，会有一个遥控装置从你的阴道进去，把你想丢掉的东西全部取出来。

这意味着你以后不能怀孕，不能生孩子，也不能成为母亲了。你再也看不到每月的经血，也不用吃药阻止月经的到来。

你也不再完整，你的肚子被掏空了，你可以植入你想植入的东西，也可以打造你的腹肌。你可以缝上准备了很多年的标签，告诉别人你是男人。

我在回应他之前，盯着他看了太长时间，我连着点了两次头，以确保他明白我的意思。

早知道这么简单，伊娃，我们早就应该来了。早知道事情是这样，我们可以在外面找一个旧时代的接生婆，她们会用钩子把肚子里的孩子勾出来。早知道这么容易，这些年你就不用白白受苦了。

拉多维奇不等我回答，又补充说，用这个方式没有器官粘连的风险，而且术后没有那么痛，恢复也快。

我记得我怀你的时候，肚子已经很明显了，我讨厌别人碰我。我不喜欢陌生人太过亲密，他们会伸手摸我的肚子。我会躲开，有时甚至很不客气。你父亲问过我原因，因为对他来说，这没什么。我不好意思告诉他，人的身体会传递出一种能量，一种负能量。我也不好意思告诉他，我不信任那些陌生人的手，我觉得那像白雪公主后妈的手，我怕他们对你施魔法，下诅咒。

这不是没有根据的，肯定有什么诅咒进了我的肚子，不然我们现在也不会在这里。不然，我也不会坐在这条白炽灯照亮的走廊里，不知道是白天还是晚上，等着他们抹去你生来就带在身上的错误。

你想尽快弥补那个错误，你不想再等了，十八年已是最大的妥协。你要作为男人进入成年人的生活。

作为真正的男人。

很多做这个手术的人，让阴蒂变大，他们就已经很满意了。给你治疗过的内分泌科医生说："睾酮的效果很神奇，通常没必要做假阴茎了。"拉多维奇也和我们介绍过各种手术方法，让我们比较费用、手术持续的时间和风险，然后从中选一个作你的成人礼。他说："如果不需要插入，就没必要做假阴茎。"

你说："我需要，我从生下来就一直在假装。现在我要一个真阴茎，而不是一个在大腿之间晃荡，软了吧唧的破玩意儿。我想做一个真正的男人，而不是怪物。"

你要涅槃重生，所以你坚持要他们把阴道也切除了，完全不考虑意大利医生给我们的意见。"切除阴道相当麻烦，"医生告诉我们，"阴道是海绵体，里面有几十条血管，血流量很大。要想切除阴道，必须输血，因为失血太多了。"我劝你不要切。一连好几天，我们都在讨论失血的问题。你不让步，我也不让步。"风险太大了。""那其他手术都是游戏吗？""我不许你这么做。""这事我说了算。""你还没满十八岁。""我马上就满十八了。"我大声说："不许做！"你说："我就是死，也愿意这样死，而且你们必须在那块该死的墓碑上，写一个男人名。”

你的声音已经变得像男人了，自从你开始吃激素，你的声音就变了。只是你还不知道，也不懂怎么运用你男人的声音。你和我说话时无情又残忍，把一切都怪在我头上。如果错的是我，我就没有理由阻止这种弥补的手段。

拉多维奇告诉我，接下来就要切除阴道了。虽然他没有明说，但他从我看他的眼神里看出来了。他知道我已经明白了。我想因为这事鄙视他，但我做不到。他也没办法，他也很不愿意，但也不得不承受你的任性。我一直觉得，尽管报酬很高，他也不想做这种手术。也许这样想，我能好受点，或者更痛苦。我不知道，把你当成骗人广告的受害者好一些，还是把你当成一个为达到自己的目的不择手段的人好一些。

手术开始前，拉多维奇在我身上抽了不少血，待会要输给你，我们的血是相容的。他说，之后可能还要抽血。那我就待在这里，我的双臂张开，放在身体两侧。来吧，把我的血都给你吧。

“一切都会好起来的。”

“是的，一切都会好起来的。”

他走了，继续完成他的工作。我低下头。你会蜕变成什么样子？你现在待在什么样的茧里面？你会长出什么样的翅膀？你会是什么样子的蝴蝶？你都不能尿尿，又怎么会飞？

20

那年你刚刚年满五岁，那时夏天刚刚过去。

当时，我还没把那天发生的事情当作所有事件的分水岭，当作前与后的界线。之前是幸福的生活，之后是等待我们的地狱。后来我才知道，那天是一个界线，把之前和之后分割开，是过了就无法再回头的一天。

那个星期六，你姨妈、你姨父和大你两岁的表姐来我们家玩。

他们不在罗马，他们住在一座北方城市。我们不经常见面，但你们两个小姑娘很快就熟悉了，躲在你房间里玩。你们待在那里面玩儿，几个小时都不露面。我用绿茶和手工小饼干招待你姨妈姨父，自以为一切正常。

什么事都没有发生，我们什么都没注意到。

过了几天，你姨妈打电话给你父亲，把他从一场重要会议里揪出来，大吵了一番。你姨妈说，在把你治好之前，她不会让女儿和你一起玩儿。

她说的是“治疗”，我记得很清楚，这词让我们很震动。

治疗，就意味着你有病。

那天下午在房间里，你好像给表姐透露了一个秘密，那是她不能对大人说的秘密。那是一个重要的秘密，你们到死都不能说出去。你好像向她坦白说，你不是女生，而是男生。为了证明给她看，你在内裤上戳了个洞，把一支笔插了进去。你说，就是这样，你也能像男人一样撒尿。你是个男孩子，而且从那天起，你有了一个男孩子的名字。你当时想了想说：“我叫亚历山德罗，我喜欢这个名字。”

你表姐觉得很有意思，她当然没有马上把这个秘密告诉任何人。直到有一天，一个天真无邪的问题暴露了她。她问：“妈妈，女孩子可以变成男孩子，给自己取男孩子的名字吗？”

你姨妈听了事情的缘由，马上就火了。

我和你父亲花了一些时间，思考接下来该怎么做。

不到万不得已，我们不会带你去看心理医生。但我们需要帮助，需要有人告诉我们怎么做才不会错，需要有人给我们指明方向，告诉我们先右转，再左转，沿着这条路走，就会一切都顺利。

我们先是试着和你沟通，先看看你的想法。

一天晚上，你父亲哄你睡觉时，问你亚历山德罗是谁，是不是你学校里的朋友，如果是你的朋友，我们可以请他来家里玩，好好认识一下，也许可以让他看看你的玩具。他马上就发现自己犯了个大错，他的问题明显就是一个陷阱，但为时已晚。你大发脾气，哭喊着说，根本没有亚历山德罗这个人，他谁都不是，也不是你的朋友。你还说，表姐也不是你的朋友，朋友之间应该保守秘密，但她做不到，你再也不想看到她，再也不想理她了。你父亲向你道歉，但你一边哭，一边让他走开。你非常生气，嚎啕大哭，哭得上气不接下气，声嘶力竭，直到最后哭累了，倒下睡着了。你的脸耷拉在你父亲的膝盖上，汗湿的头发披散在他的腿上。

眼泪和汗水让你浑身都湿透了，我们给你换睡衣，把你抱上床时，你也没醒。

你父亲一句话也不说，垂头丧气地坐在书房的椅子上，像个幽灵似的，盯着漆黑的电脑屏幕发呆。

几个星期之后，我们来到一位女医生面前，她专门解决儿童的心理问题。她大约四十岁，经验丰富，是你的那个年龄阶段的儿童问题专家。她没有跟我们说什么，也没教我们什么方法技巧，只叫我们静观其变，不要去评判孩子，尽量避免使用“正确”“错误”“男生”“女生”之类的词，不要有对比和对立。她让我们观察，看你怎么做。她让我们不要逼你，让你自己选，这样你才有更多选择，而不是在两个对立的东西里做选择。

有些孩子要花很长时间才能确定自己的性别。她让我们不要着急，她几乎可以肯定，你会变正常，会和同龄女孩子打成一片。

但我一听到“几乎”这个词，心底就一沉。我不想再多问了，也不想知道更多。

就这样，我们让你完全自由。我们带你去挑衣服，有时也带你买玩具。你总喜欢男孩子的衣服，你选运动服、裤子和卫衣。你想把头发剪短，我就带你去找我的理发师，看他咔嚓咔嚓地剪掉你的头发。你说，再剪一些，我不让他继续剪，他只好拿着剪刀，等我们最后的决定。他是个聪明人，我想他肯定知道，我们争的当然不是头发的长度。从理发店出来后，我快认不出你了。

你上幼儿园时，捏造了一个双胞胎兄弟。这样你就能一人分饰两角，别人也不会说什么。你既可以是伊娃，也可以是亚历山德罗。其他孩子觉得你的双重人格特别好玩，每天早上，他们在学校大门口都会问你：“你今天是谁呀？”

幼儿园的老师也不干涉，任凭你这样做。她们不知道原因，但也不做任何评价。她们慢慢学会不问我缘由了。因为她们知道，在你身上正在发生一件重大的事儿，她们不敢打破我们之间这种短暂而又微妙的平衡。老师接受你的双重人格，尽量不让别的孩子，特别是其他班的孩子拿你开玩笑。你的同学慢慢喜欢上了你，接纳了你。你一天是伊娃，一天是亚历山德罗，最后，亚历山德罗出现得越来越多，伊娃越来越少。

我能做的，就是不再请女孩子来家里玩，让你下午和她们在一起玩儿。我也不好意思再给其他母亲打电话，请她们带自己的女儿过来玩。她们知道我的意图，有时会好心答应。结果你老是惹那些女孩子生气，欺负她们，因为她们是女孩子，她们后来再也不愿意和你玩儿。你们老玩不到一块儿，你想让她们玩你想玩的游戏，但你其实也不知道怎么玩。

慢慢地，你的女童装全都被捐给了教堂，包括外婆给你织的那些漂亮衣服，可惜你很嫌弃它们。短短几个月，你完全变了一个人。当我们后来带你去小学报名时，老师很难把你当成女孩子，你却有一个女孩子的名字。

你还是伊娃，但已经不像了。

21

夜里，酒店很安静，万籁俱寂，听不见一点人声。这里只是睡觉、休息和消失的地方。

昨晚我做了梦，梦到你的身体一半是男人，一半是动物。你变成了一个怪物，但和我们在电影里常见的那些神话中的怪物完全不一样。那些形象非常迷人，但你长得既不像半人马，也不像塞壬①。

梦中的你只有几个月大，你光着身子躺在床上。我已经给你洗过澡了，把你擦干，像平日一样注视着你，为你身体每处细微变化而欣喜。你的眉毛是新长出来的，像花一样破土而出，不像你的头发出生时就有。你的眉毛在眼睛上方软软的皮肤上冒出来，我痴痴地看着。那些眉毛好像是从你的肉里的土壤里长出来的，每一根都是一朵太阳下绽放的花，在你的眼睛

① 希腊神话中半人半鸟的海妖。

上方划出一道明亮的弧。我可以在你身边几个小时，一直看着你，看你一点点长大。我可以待在你身边，只是为了闻到你的气息。那是从你皮肤上散发的香气，也许是你从子宫里带出来的，因为你出生第一天我就闻到了。我的手上、身上也沾染了你的气息。从此以后，我对这种味道上瘾了，那是我赖以生存的空气。惶恐不安的时候，我就来到你跟前，深深吸一口你的气息，内心就会平静下来。

在梦中，我在你身边躺了很久，才起身去拿你的衣服。当我回来看见你时，你已经用手撑着爬起来了，像那些正在学习翻身的婴儿，你用胳膊支撑着上身，眼睛看着我。

只是你看向我时，你的脸和之前不一样了。你变成了一只怪物，有点像老鼠，但比老鼠的脸更尖，脏兮兮的头发披散在脸颊两边，胸部还是女童的胸部，却挂着两团干瘪下垂的乳房，你背上长满了黑毛，双腿间长了根无精打采的阴茎，正在被子上摩擦。你正要开口和我说话，我突然大叫着醒了过来。梦醒了，我仍然没停下尖叫，一直叫一直叫，直到最后没了力气，我哭了出来，挥拳打在酒店房间的墙上。

我不知道为什么没人报警，也许我隔壁房间都是空的。我估计，酒店可能知道我们来这里做什么，所以特意没有在隔壁安排人住。

我打开床头灯，那时候是深夜两点。我看见旁边的空床，才意识到自己在哪儿：我在贝尔格莱德市中心的一家酒店里，等我女儿把她健康的性器官切掉。

我又想起了昨天拉多维奇的话：“有些变性的人不需要假阴茎，她们觉得做阴蒂阴茎化手术就够了，只需要在阴蒂的基础上造一个阴茎出来。他们在性爱中不需要插入，只需要自慰就行了，但不是每个人都这么想。”

不知道为什么，我从没考虑过性方面的问题。母亲和女儿之间一般会交流的问题，比如怎么应对发育，怎么寻找伴侣，怎么恋爱，怎么做爱，我们从没交流过这些。一把利刃把这些问题都切掉了，只留给我们余下的部分，而余下的，是我们的全部生活。

我站起来，走到窗前。我推开窗户，探出身子，沉浸在漆黑的夜幕里。

我本来可以纵身一跃，一了百了，但我没有。我只是站在那里看着街道和城市，看着塞尔维亚。

空气冷飕飕的，雨已经停了。从我的房间窗口，能看到街道、大楼、民房和那座红色的教堂。教堂顶是蓝色的，我早上进去过，听见戴头巾的女人用我听不懂的语言做祷告，她们不停地画十字，每画一次，就俯下身，手碰到地板。为什么要用手碰到地上呢？因为所有人从尘土里来，也要回尘土中去吗？我想问问一位上了年纪的女人，她看起来像是一个导师，可以教导那些迷失的年轻女孩。我真想问问她们：这到底是什么意思呢？你们为什么要把手挨到地上？为什么？为什么你们让你们的城市出现这种事？为什么不阻止这些事情的发生？如果这种事发生在你们的女儿身上呢？

电话响了第一声，我母亲就接了。她知道我需要她，我也知道她一直都在。电话里有呼吸的声音，我知道她悄悄从床上起来，光着脚去了隔壁房间。我还知道她进去后关了门，因为她不再悄声说话，而是恢复了正常的声音。她不想吵醒我父亲，不想让他担心。她把自己的男人当成需要保护的孩子，好像他并没有经历过人生的风雨。从事情一开始，她就让我瞒下来，别告诉父亲细节。她在谈到这件事情时，从来不会正面提出来，就好像只要不说，问题就不存在，事情就会不一样。几年前，我想方设法想再要一个孩子时，她也是这样，对我的父亲守口如瓶，只说我们在做一些常规检查。

我在想，我在你父亲面前是不是同样的态度，是不是想保护他，想减轻他的痛苦，把担子全揽到了自己肩上来，至少让他免受痛苦的折磨。

有一天傍晚，我回到家。那时，我们已经开始筹备你的手术了。那天你去女同学家学习了。房间里黑漆漆的，我见他坐在沙发上，只有窗外昏黄的灯光照进来，我只看见他的轮廓。他喝酒了，那是很罕见的事，他一般只和朋友一起吃晚饭时才喝上一杯，但那时候他一身酒气。他还在喝，酒瓶在沙发旁一字排开。我没有脱外套，坐在他身边出神，我什么话也没有说，也不问他原因。为什么？为什么是今天？为什么不是昨天、前天或者去年？我觉得一切问题都是多余的。

他还是开口了，从声音里听得出来，他哭了很久。他说他想看看你以后的样子，就去了萨拉利亚路，花钱让一个人给他看了，那人既有阴茎又有乳房。他觉得太恶心了，把钱扔在地上就走了。

他接着喝酒，又一次痛哭流涕。

我擦干了他的眼泪和呕吐物。我又想起了母亲说的话：我把他擦干净，安抚他睡下，清理干净了沙发上的呕吐物。我把酒瓶子装进一只口袋，扔在了路边的垃圾箱里。男人是很脆弱的生物，很容易不知所措，而女人像大树，根牢牢扎在泥土里。我们的手泡在血里，泡在老父亲的尿里，泡在孩子的屎里，我们会消灭蛔虫和疾病。

接着，我去朋友家里接你。我只告诉你："爸爸不舒服，不和我们一起吃饭了。"你问他怎么了。我回答说："应该是最近流行的胃肠型感冒。"

我问母亲我做得对不对。她说我做得对，我信了。

22

你上小学了，老师几乎马上就联系我们，叫家长去面谈，我决定不和老师交流这件事。我告诉自己，这是因为我不想让老师受我们的影响，但我知道，我不过是希望她们察觉不到你的反常，让你蒙混过去。

过了几周，有天下午我给学生上完课，在未接来电里看到了小学的电话，我一下子就知道发生了什么。

你的老师很热情，看起来也很随和，她教了一辈子书，是那种老派教师，也快要退休了。她喜欢孩子，非常了解孩子。大家说，她对学生要求很严格，考试分数也给得很低。其他母亲关心的事，对我来说无关紧要，我不关心你得了多少分，我关心的是你能不能在学校里顺利待下去。

我很少来学校，一般是你父亲早上送你过来。我在校门口等你放学，避免和其他母亲接触。我不喜欢硬要孩子合群，家长也要打成一片。总之，你的同班同学和他们的家长，并不是我们自己选的，只是一个名单让我们联系在一起，可我一点都不想和他们交流，也不想回答什么问题。仅仅几个眼神，就已经让我浑身不自在了。

我给安娜老师回电话时，她只是说："我们得谈谈伊娃的事，最好您丈夫也来。麻烦您告诉我您什么时候有空，我们可能要谈很久。"

下午你一直和我在一起，我没办法在那个时候去找她，我们把时间定在了一天上午，她请了一个老师给她代课，来和我们见面。

我还清楚地记得那场会面，记得老师和我们说话时，非常谨慎、沉着、温和。她没提男生女生，没提头发和洋娃娃，没提小兄弟小姐妹，也只字不提意料之中我们早就做好了准备的问题。她只和我们聊了聊你的画，你写字的特点，你的想象力和梦想。她告诉了我们她眼中的伊娃，而你从不允许那个伊娃出现在我们面前。

她也没提到你不遵守纪律的问题，那是后来才出现的。她没有再谈别的，只是想告诉我们：你是个特别的女孩，和你一样大的孩子早就知道了自己是谁，而你还不知道，这并不是因为你不知道，而是身边的人还没准备好，无法接受那个你。

我默默听着，什么话也没说。我一开始听她说话时，就愤愤地想：难道她就知道你是谁吗？我和你一起生活了那么多年，相比之下，她才和你接触了几个小时啊？尽管我极力掩饰自己的情绪，她还是看出来了。她和我道别时说："谢谢你们听我说这些。"她感谢我做出了让步，能压下自己的怒气听她说话，感谢我明白这个道理：有时旁观者清，我们身处其中，有时候会无法理解，看不到事实。

迈进家门的那一刻，我的眼泪忍不住流下来了。一个和你相处不过几周的女人，竟比我更爱你。

那天，我才意识到我们，特别是我所做的，是用自以为是的温柔手段，扼杀你的本性。我们耐着性子，等你那些疯狂的想法一个个消失。我确实同意你穿自己喜欢的衣服，摆弄那些玩具车和超级英雄，但我的目光一直在审判你。你轻易就看出来了，你看到我不喜欢你这样。我同意你穿裤子，剪成短头发，和男生在广场踢球，但你感觉得到，我觉得这不正常，这是违背天理的行为，这是对我的惩罚，让我每天焦虑不安，想着尽快结束这样的痛苦。你以为，母亲是唯一不会带着批判的眼光看你，唯一会全心全意接受你的人，她的怀抱就是你在这世界上的避风港，可事实上，你让她觉得羞耻。我觉得自己是一个正在受难的人，只盼望着一切早一点结束。

我期盼着，有一天苦难结束，从那以后，我们的生活会重新步入正轨。

23

我们和老师见面的几周后，情况急转直下，已经到了我和你父亲不得不正视的地步。

这就是那个交界点，从这一刻起，再也回不去了。这像是让我们缓口气的时间，让我们可以打破疑惑，寻找治病的良药。

我们的遭遇，很像我们在剧院看过的童话故事。我经常带你去看戏，那是我最爱和你做的事情之一。星期天下午，我会选一家市里的剧院带你去看儿童剧，我为你梳妆打扮，一起去剧院。只有我和你，我想培养一种习惯，或者说仪式，只属于我们的时间，想在你和你父亲之前，把我最大的爱传递给你。我尽量选择一些高水准的演出，想让你也感受到戏剧的魅力。

那天我们看了安徒生的童话《皇帝的新装》。我熟悉那个剧团，我很欣赏他们，因为他们总是忠实于文本，也很喜欢他们和小观众之间的互动。他们不乱改剧本，不像有些团队把台词改得很幼稚，就像小孩子都是傻子。

所以当他们从舞台下来，来到你们中间，问你们看到了什么时，你说："皇帝什么也没穿。"但你却不知道，不久以后，你会遭遇同样的命运。

几周后，学校里最调皮的那个学生当着所有人的面向你挑衅。他比其他人更直率，理直气壮地说，你不是男生。他说你不是真的男孩子，而是个女孩子，就算你穿得像个男生，可你叫伊娃，这是女生的名字。

皇帝什么也没穿。

你陷入了深深的绝望之中，你和那男生吵起来了。旁边有很多看热闹的孩子，他们也都很好奇。不知怎么回事，他们都站在那男孩子一边，支持他。场面逐渐失控，有人趁机起哄："如果你是男孩子，就让我们看看你的小鸡鸡。"又有一个孩子接着他的话说："恐怕是小土豆形状的鸡鸡吧。"所有人都大笑起来。

这是一场酷刑，一场痛苦的折磨，他们的笑声和鬼脸像乱石一样砸在你身上。

你没有回答，只是看着世界对你的敌意，你像马戏团里伤残的动物，被他们嘲弄和取笑。

我们没有让学校处罚那些攻击你的孩子，因为这些孩子受纪律处分，只会加深你和其他孩子之间的隔阂，惹恼其他家长。

可话又说回来，他们只不过是讲了真话，为什么要惩罚他们？他们做了这个年纪该做的事，他们不过是看到了一群动物里跛脚的那一只，就攻击了它。

他们想要真相，大人接受的谎言，他们一定觉得很奇怪吧。

我对你父亲说，我们要采取行动。等待不能解决问题，不能再假装什么事都没发生，隐瞒正在发生的事，对我们和其他人来说，都不是长久之计。

我们也不能再像鸵鸟一样把头埋在沙子里：我们之前一直在小心翼翼地掩盖事实。一天又一天，每分每秒，我们都在耗费精力评判你的行为。其实，每件事情都有另一种解释，而不是每天所有人看到的样子，那些表面现象。

我们再次找你的儿科医生谈了谈。他让我们去找专门的机构，提了一些建议，还鼓励我们也在网上查一查资料。

我们预约了一位心理学家，那是一个网上很知名的专家。

她研究了很多年性别问题，具体来说，是儿童的性别问题。她说，她也研究父母的心理问题，因为这些儿童的父母受到过于沉重的打击，他们会承受不住。

我们坐在接待室里。我端详着你父亲，这个我深爱的男人：他的头发逐渐花白，脸上失去了光泽，眼神沉重不堪。我回想起我刚开始和他在一起的那几年，回想起你出生前我们幸福的时光。我想到，生活欺骗了你，我们在水里挣扎着，已经精疲力竭了，可是如果不继续游，就只能眼睁睁看着你沉没，落入无底的深渊。

我想起了所有我认识的人，想起他们美好的生活，还有寻常的烦恼。

我不断问自己：为什么？为什么是我？为什么是我们？为什么这件事会发生在我们头上，我们以前做错了什么吗？我们以前很幸福，只要过得开心就够了，我们别无所求。两份中规中矩的工作，一个独生女，岁月静好，没有纷扰。

我们没有说话，我们都累了。我们低垂着眼坐在那儿，窗户开着，传来车水马龙的声音。突然，你父亲问我："你没穿袜子，不觉得冷吗？都十一月了。"

"没事，我不冷。"

玛德琳请我们进她办公室。她说，我们可以直呼她的名字，如果我们不介意的话，她也会对我们直呼其名。这种平等随和的关系一下子让我觉得舒服多了，我不想被人当作病人。她问了我们几个问题，但主要还是让我们说，让我们讲自己觉得重要的事，她一直在观察我们。

性别认知障碍——她是第一个对我们提出这个定义的人，短短六个字，概括了我们从今以后的生活。也就是说，你的身体和心理不匹配。就是作为男性，却活在女性的身体里，或者作为女性，却活在男性的身体里。这就意味着，你断定自己的性别和生物学还有户口本上登记的正好相反。她问我们之前有没有听过这个词，有没有觉得你属于这类人。

她说得很清楚，让人信任，但也很诚实。她介绍说，一般来说，性别认知会在三岁以前完成，但不是所有孩子在六岁时就表现出性别认知障碍的迹象，性别认知是成年后才最终定型的。这样的孩子很多，但最终会有百分之五十的孩子长大之后，可以接受自己的生理性别，变成完全正常的人，接受自己的身体，过上自己想要的生活。

她也建议我们不要太强硬，灵活应对才是上上策。

她让我们带你去她那里。

我们带你过去，我们说，有一位很特别的医生，专门看和你一样特别的孩子。这世上并不只有你，还有许多孩子，虽然她们是女生，却喜欢玩男生的玩具。照着她的建议，我们告诉你，我们都知道你很难受，看着你不开心，我们心里也好难过。你马上就被我们说服了。

玛德琳很温柔地接待了你。你头发很短，天然的金黄色，你穿着卫衣和运动裤。我从学校直接把你接过来，你和往常一样，浑身是泥。我没带你回家，给你洗澡换衣服。如果换一个医生，我可能会尽量把你打扮得像一个正常的六岁小女孩。

但在她面前，我不想这么做。我想让她看到我平时所见的你，我想让她只是看着你，就能明白事实的真相。

她和你打招呼，她说，很高兴认识你，你好吗？她递给你一个装满玩具的箱子，让你自己挑。我们退到一边假装说话，她就在旁边悄悄观察你。

你打开玩具箱，里面什么玩具都有。这是一个很准确、无法否认的原则，玩具的选择被认为是一个重要迹象。

你毫不含糊。你小心翼翼地把洋娃娃、奶瓶、衣服、梳子、毛刷、茶杯和小盘子放到一边。当你把芭比娃娃放在一边时，欣喜地发现了她的男朋友肯。不一会儿，肯也被你丢了，因为你发现了一截赛车跑道，顿时心花怒放。你一片片地组装跑道，忙前忙后，从不泄气，也没向任何人求助。你在箱子里翻找弯道、路牌、桥梁和隧道，家里从没买过这种玩具，你却清楚地知道怎么组装。我想，也许你在幼儿园或哪个朋友家里玩过。

玛德琳什么也没说，只是让你自己玩，她脸上带着开朗的笑容。她不看我们，不和我们眼神交流。因为眼神也是一种评判。她不评判，只想观察你，这是她擅长的事。

后来你玩腻了。她说，隔壁房间还有一个装满戏服的箱子，她问你愿不愿意和她一起去拿。几分钟后，你兴冲冲地回来了，手里拿着一个大箱子，里面的衣服你已经筛选过一次了。你欢呼着向我跑过来，我看见你穿上蝙蝠侠的衣服，在箱子里找武器和枪。你很快把白雪公主和所有公主的物件搁在旁边，裙子和束胸衣也被你丢到身后，你只找你感兴趣的东西。

最后你全副武装，把能带的都带在身上：手枪、弹弓和步枪。你很有想象力，会改变东西的用途：你把跳绳用的绳子系在腰上，把步枪插到那里，你简直就是一个再平常不过的男孩子。

我的眼泪像泉水般涌入了眼眶中，我去了洗手间，让眼泪流出来，再回来时，我的眼睛空空的、干干的。

玛德琳问你要不要画画。你说，只要让你穿着蝙蝠侠的披风，戴着面具，你就愿意画。

这是最关键的测试：画人像画。她第一次跟我们谈话时，提到她会让孩子画一个人。孩子一般会画他们眼中的自己，或者是自己的化身。所以，女孩会画女孩，男孩则会画男孩。性别认知障碍的孩子则会画另一个性别的自己。

玛德琳给你备了些纸、铅笔和一盒水彩笔。我坐下来看你画画，你先把线条画出来，再用水彩笔填色。你画了张很大的脸，一边有点方，一边有点圆，眼睛和嘴也很大，不过看起来有点伤心。你把身子画得很小，涂成了黄色，是一个和头连在一起的长方形。在肩膀的地方，你画了两根短短的胳膊，直直伸出去，你在胳膊上画了一双张开的手。身体下面是微微分开的两条线，代表两条腿。你在腿上画了一条蓝色的短裤，到腿肚子那里，最后脚上画了一双鞋。根本不需要问你，他穿的是不是裙子。他留着金色短发，头发直冲冲地向上翘着，和你的很像。

你在画自己的理想形象时，我默默站在你父亲旁边，注视着你。你清楚地展示了那个我不想听见也不想看到的你。

玛德琳温柔地和你说话，表扬你的画，说颜色和线条很不错，眼睛和嘴画得很好。她问你，可不可以把画留下来，和其他孩子的画一起挂在她办公室里。你同意了。

“但我得写上我的名字，不然你会把我和其他孩子的画搞混，不记得我是谁了。”

我问：“怎么写呢？”

你写下了：伊娃。

24

有一次，我们和拉多维奇见面，他说：“乳房切除会出很多血，但不用怕，这很正常。”

所以说，一个十八岁的姑娘要求切除自己的器官，这也很正常。不知为什么，我一遍遍告诉自己：我生的是一个女孩子。

手术室的门紧闭着，但我能“看见”里面正在发生什么。我熟悉手术的每个步骤，我研究过，我记得一清二楚，就好像知道这场牺牲的每一步，这样就能减轻痛苦。

手术刀会经过的地方已经做好了标记，他们围着你的乳房画了两个绿色的圈，这是“屠刀”经过的路线。拉多维奇沿着标记，割开了你的皮肤，血会喷涌而出，会顺着你身体两侧滴在手术台上，继续往下流，滴在地板上。他叫喊着让人把血抽走，把地板上的血擦干净。有人在地上丢了一块抹布。你的乳房很大，肉翻了出来，拉多维奇割开皮肤，把乳房挖了出来。

他小心翼翼，就像在剖一条鱼。又出血了。我想象得到，拉多维奇会用塞尔维亚语骂骂咧咧地说，这乳房太大了，怎么切都切不完。他用手指把肉推了进去，想整理一下，这时候助理在清理流出来的血。医生要止血，现在散发着肉被烧糊的味道，他不焦虑，也不担心，但他知道动作要快一点了，你在大量失血。我看见他叫人给他针线，旁边的垃圾桶里堆满了沾上血的纱布。我看见他的助手，那个高个子男人，比拉多维奇年轻一点，背有点驼，他把缝线递给正埋头“挖掘”的拉多维奇。我看见我们仨在沙滩上漫步，夕阳西下，落日熔金，那是一天中我们最爱的时刻；我看见刚满一岁的你，跌跌撞撞地走在我身边，因为沙子细软，你还不怎么会走。我看见你父亲走在我们前面，对着我们举起了相机；我们用手朝他做飞吻，哈哈大笑。我看见你靠近了一块礁石，还没等我反应过来，你就跌倒在那里，脸磕在了石头上。我看见你父亲朝你跑过去，把你抱起来，我看见了你脸上蜿蜒的血迹。我看见了他眼里的惶恐，他脱掉上衣，把你脸上的血擦干净，检查你哪里受了伤；我看见他颤抖，什么也没说，抱着你跑向路边的车。我看见自己跟在你们后面，血把他的衣服染红了。我看见了医院，盖在你脸上的汗衫和光着上半身的他。我看见你躺在急救室的小床上，他们按着你，给你缝针，只在眉毛下面缝几针就没事了。我看见我在你身边，抚摸你的头发，朝你脸颊上吹气，想吹去炎热，减轻你的疼痛。

我看见你父亲穿上沾了血的衣服，俯身站在旁边，探着你的呼吸，低声说着疼爱你的话。

一切都历历在目，就好像坐在荧幕前看完一场老电影。这个片子已经褪色，也没了声音。画面匆匆闪过，我只听见胶片一圈圈转动，声音沉闷、低沉又持久。

拉多维奇把伤口合上，在你被切割得不成样子的胸口上缝了最后几针。血总算止住了，缝合处的血凝成了紫色。一道长长的疤痕，从身体一侧到另一侧，横亘在你的胸口上，看起来很突兀，疤痕两边有凝固的黑色血块。

手术台旁边的垃圾桶里装着布满血污的纱布，已经快溢满了。

我们杀死了敌人。

她的残肢断臂全丢在垃圾桶里。

你身体里再也没有女性的东西了，也没有任何女性的痕迹。你没有长发，没有子宫，也没有乳房了，就像一个碎布做成的娃娃。我母亲以前送了我一个布娃娃，身体很长，像一个圆柱，一端用棕色羊毛线做了头发，画上了嘴、鼻子和两只眼睛。羊毛做成的头发很快掉了，变成了你现在的模样，只剩下一个平平的躯干，没有曲线。

现在可以开始变装了。

这是时装秀的化妆间。

我们首先需要重新给你缝上乳头。从今以后，那将是长在男人胸脯上的乳头。

拉多维奇问，有没有人准备了尺子。他大声问道："有没有人递给我一把该死的尺子。"护士和助手没吱声，他们知道自己忘了，犯了一个严重的错误，没人说话。拉多维奇笑了，他摇摇头，张开自己的手掌看了看，在你身上比画。他觉得位置差不多，让人递给他两个金属圈，很像我和你做巧克力饼干时用的模具，有圆的、桃心的，还有五角星的。他找好了乳头的位置，就把金属环压进了肉里，定好位置然后切开。他沿着圆形，用手术刀刻了两个乳晕的位置，先做左边，再做右边。他把两个乳头放在那里，就像熟羊皮包上的装饰，像两朵肉做的花。

"不仅仅是把乳头缝上去，"拉多维奇向我介绍时吹嘘自己的技术，他说，"乳头是嫁接上去的。"意思是乳头会慢慢重新和血管连在一起，会有正常的功能，也有神经终端。

没事了，伊娃，我在这里，我一直没离开。我坐在走廊的椅子上，掌控着一切。我亲眼看着你受苦，看着你重生。

我在这里，如同一个心力交瘁的守卫守候着你。

最低血压八十六。

最高血压一百三。

血氧饱和度一百。

心率八十七。

我寸步不移，站在原地，准备再次吹散你的疼痛。

时间缓缓流逝，周围的一切如同记忆一般，褪去了颜色，只剩下我和你。我们坐在冰山上，远离了陆地，在大海中漂泊。我们背靠背坐在那里，不看彼此，只是望着远方，望眼欲穿，直到有人喊道："陆地。"

但那是不一样的陆地，那是一个全新的地方。在那里，你终于能活成自己希望的人，我也终于能歇一歇了。

25

我们来贝尔格莱德的前几天，玛德琳给我写了邮件。她安慰我说，我们做了正确的选择。不是谁的错，谁也没有责任。她说，我们只是完成了自然做到一半的事。我们一起走过这条漫长的路，如今也该结束了。她说我们都尽了本分，我过去是位伟大的母亲，以后也会是一个好母亲。我们面前的路还很漫长，很艰辛，但从今以后，大家都会各得其所。这不是她的原话，但大概意思是这样。我无法完全同意她的说法，但我没告诉她。

我们第一次见她，已经是十二年之前的事了，事情发生了很大变化。她看着你长大，发生转变。她一路上一直陪着你，从第一天让你画画到现在，直到你成功迈出了这一步。

对她来说，你是一个特别的孩子。她对你的爱远远超出了一个心理医生对病人的关怀，虽然我尽量掩饰，但我还是很嫉妒你们的关系，我看不惯你们之间的亲密。你们会说一些我不会知道的事。

如果她是男人，我也许不会那么敏感。可她是女人，一个和我年龄相仿的女人，她可以做你的母亲，一个比我更好的母亲。

我那么爱你，但我知道还不够。而她是你的盟友，常常和你站在一条战线上，对抗敌人，那个“敌人”就是我。

至少我是这样看的。

我们有时意见不一致。当我管不了你时，她会帮一把。我们也有针锋相对的时候，就像你上初中时的那一次。

那时你刚满十二岁，已经长成一个小姑娘了。在那个年龄段，男女生之间的差异越来越明显，要经过青春期的各种烦恼，才能长大成人。女孩尽力让自己更有女人味，男孩尽力让自己像个男子汉。你还像个假小子，这让我们可以安生一段时间。

开学几个月之后，开始出现了麻烦，你用一个橡胶做的奇怪玩意儿放在下体，去男厕所站着撒尿，被其他人发现了。

校长打电话叫我去参加紧急会面，我坐在办公室里，面对着四位老师和一位家长代表，觉得无地自容。

他们没有拐弯抹角，直接说这个问题很严重，你的行为让人无法接受，你已经在校内引起了骚动。家长代表是一位“好好”母亲，自从你上小学，我就恨透了这类母亲。这种完美的母亲拥有完美的儿女，她们辞掉工作，专心养育后代。每天早上，她们会在校门口的咖啡厅喝卡布奇诺，她们都会抖出别人家的丑事。

她代表全体家长，让我阻止你的行为。

我觉得自己很丢脸。

我打电话给玛德琳，问她知不知道这事儿，她说她知道。

“你为什么不告诉我？”我质问。

“应该由伊娃来告诉你。”

当晚我就找你谈话。你说你是闹着玩儿的，不会有下一次了。你的父亲相信你了，但我不相信，我也没再说什么。你只有十二岁，但俨然是个小谋略家，马上又有了新的方案。

你越来越狡猾了，你还是要带着那东西去男厕所，只不过是趁着其他同学在教室里上课时去。你举手，请示老师要出去，进了厕所，你就唱起了胜利的小曲儿。你不会在同一个老师面前重复两次你的把戏，因为容易引起怀疑。不过不久以后，你的把戏还是露馅了。语文老师觉得有点不对劲，就问其他老师，你是不是在他们的课上也耍了同样的手段。他们商量了一下，就找了一个助理跟踪你去厕所。校工让你打开厕所门，要搜你的身。你奋力逃跑，但那个坏蛋叫来了他的同事，把厕所门堵住，抓住了你。

他们抓住了你，像在商场里抓住一个偷东西的贼。

我从来都没有打过你，现在这两个陌生人那么粗暴地对待你，想到这一点，我就感到阵阵害怕。

校长联系我了，我决定，这次绝不放过你。那天我上课上到一半，借口说自己不舒服，比你先一步回了家。我坐在厨房等你，开始什么都没有说。那时如果你先开口，可能情况就不一样了。但你什么也没说，只是问我为什么那么早就到家了。正常情况下，我应该比你晚到的。自从你上了初中，我们就说好了，在我回来前，你一个人在家待一个钟头。这段时间里，你一定会收拾好自己的东西，我知道，你会把我要找的东西都藏到房间里。我对你说我感冒了，刚刚吃了阿司匹林，在床上躺了会儿。你没有怀疑我。

我知道，接下来的事对你来说很残忍。那时你才十二岁啊，我承认后来这件事情让我一直都很后悔。

我做好饭，在旁边看着你吃，还假装什么都不知道。等你吃完了，我让你把书包拿过来。

“怎么了？”

“我让你拿就拿。本来我就该时不时检查你的课本和作业。”

你很不耐烦地说：“没必要。”

“谁说没必要？”

你又叹了一口气，从饭桌旁边站起来，把书包里的课本和作业往外拿。

“我没叫你拿出来，让我看看你的书包。”

“为什么？”你叫喊着说。

我扇了你一耳光，突如其来的一巴掌，干脆响亮，这是我第一次打你。我一把从你手里扯过书包，掏出了一个超市的塑料袋，里面装的就是那东西。一个黄色硅胶漏斗，上面还有尿，你就是把它接在身上，像男人一样撒尿。从那时起，我们再也不能平心静气地说话，而是凶狠地大喊大叫。后来你发疯似的出了门，狠狠摔上门，把墙上的画都震了下来，摔个粉碎，我也没去收拾。

我在房间里漫无目的地走来走去，我没法冷静下来。我想把脑子里的画面统统赶走，可它们却牢牢长在那里，挥之不去。

“滚开，都给我滚开！”我痛苦地叫喊着，打了自己几个耳光，拳头打在额头上。我觉得有点发烧，体温突然上来了。

我吞了两片药，后来睡着了。再醒来时，天已经黑了，我听见了隔壁房间你和你父亲说话的声音。他找了你一个下午，最后发现你躲到玛德琳那里去了。我躺在床上，睡到了第二天早上。

我起床给大学教务处打电话，说我还是不舒服，不能去上课。我穿好衣服，去了玛德琳那里。

她正好有空，没让我等，直接把我请进了办公室。我告诉她，要是她再插到我们之间，我就断绝你们之间的来往，甚至不惜离开这座城市、这个大区、这个国家，甚至这片大陆。

要是我再发现，她想取代我，就别怪我像拔掉一棵多肉植物一样，把她从你的生活中驱逐出去。

我告诉她，我是位狠毒的母亲，一直都是。

“你那么善解人意，我知道你很热心，你就不能感同身受一下吗？你有没有想过，你女儿用一个橡胶玩意放在下体，站着尿尿，你会是什么感受？你治疗别的孩子，总能找到办法解决他们的问题。但你有没有考虑过我的感受？那种一直被痛苦折磨，心力交瘁，却永远望不到头的感觉，你真的明白吗？”

最后几句话，我是叫喊着说的，我的泪水止不住流了下来，最后声音变得哽咽。

那晚，我来到你的房间，你已经躺在床上了。我和你说话时，你背对着我，眼睛死死地盯着墙。我告诉你，我和校长谈过了，我们已经说好了，你可以继续用你的工具，站着撒尿，但得去女厕所。你没有回头。

我关上房门，站在外面，没有走。

我对着门，小声和你说话。我不想让你知道，我很讨厌你的做法。我也不明白，上帝为什么要让我遭受这样的惩罚，我到底做错了什么？

但我决定，只要我还活着，只要我还是你母亲，只要你还是我女儿，我就不会再让任何人羞辱你。

哪怕上帝抛弃了你，我也绝不丢下你。

26

厕所风波过了几个月，玛德琳让我们去找她聊聊。上次争吵之后，我们就再也没联系过，我觉得她想跟我和好。

她还是一如既往的态度，很明确，也很坚定。她总是看着别人的孩子粉身碎骨，她应该练就了笃定的心。

她说，这场风波不过是一段漫长拉锯战的开始，目前生活看起来一片平静，却是暴风雨来临的前兆。

她告诉我们，到了青春期，事情会变得更麻烦，这很正常。青少年还不知道自己是谁，也不接受自己身体的变化，这就更难了。

她说：“青春期，对性别认知障碍的孩子来说，就是一颗随时可能爆炸的炸弹。一旦爆炸，一切都来不及了。”

“来不及做什么？”我追问她。我意识到我的眼睛眯了起来，就好像看不清东西时的反应，但并不是那样。

“来不及做什么？”我重复了一遍。

“来不及后悔。”

她没有往下说了，想知道我有没有懂她的意思。

然后她又说：“我们可以先停下来，把时间定住，争取一些时间，考虑下怎么做对她来说才最合适。这些年出现了一种拮抗剂，这是一种抑制激素的药剂，它可以中断青春期发育，让你一直停留在性征显现之前、身体发育之前的状态。现在正是用它的最好时机。”

“所以毛毛虫要当一辈子的毛毛虫，永远变不成蝴蝶了。”我说。

“不是的，我们只是在争取时间，搞清楚她想变成哪种蝴蝶。”她回答说，“我们可以引导她。她做好自己的选择，我们会用另一种激素，让她发育成她想要的性别。”

“那她会成为一个怪物。”我轻声说。这句话让气氛骤然凝固了。

你父亲问：“你的意思是治不好了？”

玛德琳笑了笑说：“伊娃没有病。”

我眨了眨眼，抬高了声音，有些咄咄逼人地说：“那你为什么要让她吃药？”

“不是药，是激素。”她又强调了一遍术语，“激素只会减缓生长发育，减少雌激素和黄体酮。这几年她仍然会是小女孩，胸部不会发育，月经也不会来。在这段时间里，你们可以商量一下，怎么办对她才最好。青春期发育中断和推迟几年，不会有什么严重后果，但发育一旦很快开始，有性别认知障碍的小孩会无法承受。尤其是，月经出现会是一个重创。”

听着她的话，我自嘲地想到，自己发疯想再要个孩子时，每次来月经，不知会哭多少次。

“可能会变成一场灾难。”她补充说，然后就不作声了，似乎想让大家琢磨一下“灾难”这个词的含义。

“选择权在你们手里。”她说，“我支持用激素。有很多这样的例子，拮抗剂争取了时间，让他们可以不慌不忙地做决定。北欧经常采用这种方法，而且效果不错。我收集了些资料，希望有助于你们做出决定，现在意大利也开始采用这种办法了。”她说着把一个白色文件夹放在桌上，小心翼翼地向我们推过来，好像里面装有易燃易爆的东西。

“然后会怎样？”我问，“我是说，那些小时候用过这些激素的孩子，以后会怎样？”

“其实，还没人具体研究过它的后续影响。”她坦言，“这项技术还很年轻，我们对于之后的表现还不了解。有些孩子十几年前就开始使用激素了，但我们还不知道他们成年后，这些激素会对身体产生怎样的影响。当然，如果要用激素的话，会有一位儿童内分泌学专家来掌控。虽然激素会影响长高，但我认为这只是个次要问题。研究表明，尽早用激素阻断青春期发育，比起发育以后再进行干预，可以更有效地避免负面情绪和极端后果。”

你父亲只是说：“没什么次要问题。”

我记得，我还是坐在那个角落。我第一次来时，也是在那里，看你穿成蝙蝠侠玩，已经过去六年了。

“伊娃知道这个办法吗？你们聊过吗？”

“没有，我们从来没聊过。”

我看着她，揣测她是不是在撒谎。我想象，你们见面时，她把这个办法告诉了你，和你一起制订完美的策略，达到你的目的。

我回答说，我们再考虑考虑，很快给她答复。

外面的雨下得很大。我看得出，你父亲很愤怒，他三步并作两步走在前面，被滂沱的大雨淋湿，不等后面撑着伞的我。

他一上车，就把那个文件夹扔在仪表盘上。他强忍着愤怒，尽量用平静的语气说，他绝不允许你做这种蠢事，他女儿是女孩子，永远都会是女孩子。

“她想站着撒尿也行，成为同性恋也行，只要她是女孩子。”

没有哪个负责的医生，会在性别不明确的小孩身上做这种实验，稍不注意，他们就会变成没有性别的侏儒。

我们已经决定，我庆幸是由他来决定的。我松了一口气，这次不是我自作主张，如果将来有什么后果，也不是我一个人承担。

但我仍然觉得痛苦。

我们回到家时，你戴着耳机躺在床上。我朝你房间看了一眼，什么也没说。我知道即使我和你说话，你也听不见，你没有取下耳机的意思。我看你时，你也抬起头看我，我们没有微笑，也没有打招呼，我像来时一样走了出去。或许我只是想确认你还在那里，还完完整整，还活着，跟我们分开时没什么两样。

27

我告诉玛德琳，我们不打算采纳她的建议，我们要用自然的方式解决问题。我说，你父亲很抵触她的建议。我心里有一种报复的快感，有你父亲支持着我，好像我能禁止她插足我们家的事。

几个月之后，发生了那件事情之后，我没再联系她。我没脸见她，我又羞又恼。因为她又一次说中了我们意想不到的事情。这件事深深伤害了你，这让我后悔自己的傲慢，后悔当初拒绝了她的建议。

那天，你放学没有像平时一样按时回家。你有时候会在路上耽搁一会儿，和几个同学聊天，所以一开始我没太在意。半个小时过去了，我有点慌了，打你手机也没人接。我打电话给你父亲，问他能不能联系上你，他让我冷静一点。你还是没回家，也不接我的电话，我的双手在不停地颤抖。又一个小时过去了，我决定给你同学的家长打电话。有位母亲从她女儿和同学的电话聊天里听到了你的事，这才告诉我发生了什么。

原来，数学老师点名让你做题，你面对黑板时，有同学就开始笑。你不知道他们为什么笑，只是站在那里，背对着他们，希望他们不是在笑你，你暗自祈求他们别笑了。你一边解几何题，一边回了几次头，想看看究竟有什么好笑的。老师轻声呵斥，让班上的同学安静下来，她不知道出了什么事，也没太在意。但他们的笑声越来越大，越来越吵，讽刺的话越来越不堪入耳。你的脸颊和手心开始冒汗，手一滑，粉笔掉在了地上，你弯腰去捡。这时全班人哄堂大笑，嘀咕的声音越来越大。直到一位女同学忍不住站起来，和老师说了什么。老师马上就反应过来了，把你带出了教室：你的经血沾在了浅色的牛仔裤上。

你羞耻地哭了起来，老师把你带去了医务室，安慰你，让你把血渍洗掉，换上一条旧运动裤，给了你一片卫生巾。

你骗他们说，你已经联系我了，说我让你在学校大门前等我。

你三点就出去了，不知道你去了哪里。

我开着车子，发疯似的在下午的车流中横冲直撞，避开其他汽车和摩托车，不知道围着学校转了多少圈，每条路我都走了两三遍，掉头、逆行，穿过人行道。我紧紧盯着路上的每一群年轻人，搜遍了各个街角和大门。天快黑了，我心里很害怕。没有日光，肯定更难找到你，你没有回家，即使是噩梦也没有这么可怕。

我开始慌不择路，不停往前开，任何阻止我前行、让我浪费时间的障碍，都会让我火冒三丈。这时有位老太太驾着小车，她停在黄灯面前，挡住了我，我一个劲地朝她按喇叭，骂她，引来了行人注目。我嚎啕大哭，握紧拳头，狠狠砸在方向盘上。

这一次又是我的错。

我把车停在了路边，歇了一会儿。我做了几次深呼吸，在包里找纸巾。就在这时，电话响了。

是你父亲。我让他找你的同时报警。他打电话跟我说，你已经联系他了，你没事，已经到家了。我握紧左手，一拳砸在了车窗上。车窗碎成了玻璃碴，飞溅到我身上，我满手是血和碎玻璃。

我惊愕地望着血溢出指缝，一直流到手肘。

我到家时，你还在洗澡。你把身上穿的衣服全丢到了垃圾桶里。我在浴室外的椅子上给你放了干净的衣服，还有带着使用说明的卫生棉条。

你初潮来了。我知道，我们不会庆祝，不会带你去你最喜欢的餐厅，你也不会像其他青少年一样，把这些事告诉母亲。但我从没想到，你会遭到这样的侮辱。尽管你想当个男人，上天却当着同龄人的面，用血污为你打上女人的标记。

在这所中学里，他们已经不是头一次嘲笑你、欺负你了。这一次我决定和那些混账算一笔账。我要到了所有嘲笑过你的同学的名字，给校长写了一封公开信，批评老师不称职，甚至提到了教育部的人，最后没忘追究他们让你在没人监护的情况下擅自离校，这是要负刑事责任的。我不会善罢甘休！那群嘲笑你的小畜生，如果家长不惩罚他们，那就交给学校去处理。我要让他们罚一儆百，才能堵住新闻报纸的舆论；想堵住我的嘴，就让那欺软怕硬的校长提着那十几个混蛋的头来见我。最终，那几个欺负你的同学被停课十五天，整个学期，每周都要在学校打扫三个下午的卫生，不准参加班级郊游。

我义无反顾，解了心头之恨。

过了几天，我才决定去急救中心看看手。医生从伤口里取出了几块玻璃，给我敷了药，但胳膊还肿着。他们给我清理了裂开的伤口，缝了几针，告诉我恐怕会留疤。我回答说，没关系，留了疤才能长记性。

28

虽然你没有直接对我说过什么，但这场风波让你对我刮目相看。你父亲想让我收手，他怕你和班上同学关系闹得越来越僵，怕你遭到他们更猛烈的报复。但至少这次，我想意气用事，把怒气宣泄出来，把对手打趴下，死死咬住他们，让他们低着头跪在我面前认错。

我感觉，我的做法让你很震撼。

你跟同学说："我妈妈简直太霸气了，单挑所有人。操！最后连那个白痴校长都让步了。"过了几天，你回到学校，班上一群人祝贺你，把你当成英雄。学校到处都在议论你，说你明明是女孩子，却穿得像个男孩子，说你母亲不好惹，对你不做评判，她支持你。

我们之间的关系总算亲近了一些：虽然建立在谎言之上，你以为我会满足你的所有愿望，但我假装不知道这些愿望。我们变得亲近了，你说这些话时，我激动得心都提到了嗓子眼：“妈妈，今天你陪我去学校吧？”或者，你把我介绍给你的女同学，你得意地说：“她就是我母亲。”你请别人来家里做客时，你们不再马上躲到房间里去，而是先和我聊几句，好像我真的是一个很有意思的人，好像我不是一个普通母亲。

我们的关系更近了。我第一次站在你的身边，而不是站在你的对面和你针锋相对。

正因如此，你觉得我背叛了你，彻底背叛了你。

正因如此，那些错误一次次指向我。

我们和玛德琳见面的那天，你父亲把我送到家门口，然后回去工作了。他拿走了那个文件夹，想都没想，就把它扔在了办公桌抽屉里。

几个月后，你在他的办公室找到了那些文件。

那天你到女同学家玩，正好在你父亲工作室的那个片区，于是你和他约好，你去工作室找他，让他送你回来。

他还在开会，只是对你说：“宝贝，你在办公室等我，我开完会马上过来。”

后来发生的事情可以推测，你和所有坐在父亲办公桌前的小女孩一样，手机玩腻了，你就开始乱翻抽屉，想找点有趣的东西打发时间，那个皱巴巴的文件夹吸引了你。

你一页页地看着上面的内容，每张表格，每一种药，上面写着我们本该做却没有做的事情。

我们的关系再次分崩离析。

29

今天早上我很早就醒了。这几年里，我每晚就算吃安眠药也睡不到六个小时。我在浴室放好洗澡水，在镜子前站了一会儿。我看着镜子里的自己渐渐模糊，最后消散在一片水蒸气里。

你发现我和你父亲的秘密之后，我们度过了好几个月艰难的日子。我们先是大吵大闹，之后开始冷战。你不能原谅我和你父亲，尤其不能原谅我，你父亲总是比我无辜。

我们再也回不去了，就算回得去，我们也不打算回头，我们没有做好准备。

你父亲变严厉了，那是我所不熟悉的。我想，他表现出这个态度，是因为他内心有愧，懊悔在折磨着他。他安慰我说，你会慢慢冷静下来，你是个处于青春期的孩子，每个人在这个阶段都会有很多问题。他躲在了一个舒适地段，我只是一味按照他的意思行事，但直觉告诉我，接下来不会有什么好事儿发生。

事实也确实如此。

那天，我想是我救了你的命。我看见你四肢舒展，躺在床上，枕头上放着一盒我的安眠药，地板上有一瓶没有瓶盖的水。那时你十五岁，上高一。

我一到家，就像平时一样喊你的名字，但没人回答。我以为你在睡觉，于是脱了鞋子和外套，打开了你房间的门。

我在房间里看到了你，你像倒在血泊中的朱丽叶。

我想大喊一声，却根本发不出声，我再喊，嘴里还是发不出声。我拼命摇晃你，探你的呼吸，查看你的伤口在哪里，手上沾满了你的血。我把你的脸抬起来，用手掰开你的眼睛。但你头上全是血，像泄了气的皮球，从我手里无力地垂了下去。我没有抓住你。我找到手机，叫救护车，然后给你父亲打电话。我失控地在电话里歇斯底里地叫喊，生怕他们听不见。我说不出完整的句子，只喊得出一些词语：血、孩子、血、女儿、安眠药、床、年轻、疯了、我的错、快点、女孩子、伊娃、我的……直到再也没力气喊了，直到电话那头已经没有人在听了。

不一会儿，救护车来了。护士冲进来，问我你的名字，他们站在你床边，围着你开始忙碌，叫你的名字。我只觉得一群黑影在房间里盘旋，透过房子的墙，我听到从远处传来的声音。我听见他们一遍遍地叫你的名字，有人说："伊娃，听得到我说话吗？""伊娃，你可以说话吗？""伊娃、伊娃、伊娃。”我想起了“妮娜、妮娜、妮娜——”的叫喊声。我想起那时我们在太阳底下，一躺就是几个小时，阳光透过半掩的百叶窗照在我们身上，我们的眼睛里流淌着爱的光芒。妮娜已经死了，不在了，再也回不来了。那又怎样，我们还在这里，安安静静地躺在彼此身边，我看着你，你看着我，说着甜美的话语。

别怕，伊娃，我来保护你，什么都无法伤害你。

他们脱了你的衣服，安慰我说那不是伤口的血，而是经血。你想就这样把自己淹死。你从早上起就一直躺在床上，让血流了好几个小时，然后你吃了药。你让血一点点流出来，就像你最后的牺牲。因为你想让我以为你死了，你想让我明白一件事，就像真实悲剧里演的那样，朱丽叶要告诉她母亲：这次我只是睡着了，没有死，下次就没这么简单了。你想说，要你每个月来一次月经，还不如去死。你想说，朱丽叶现在想变成罗密欧，她已经受够了。

在医院里，他们马上告诉我，你没什么太大的问题，给你洗一下胃，休息几天就能恢复。至于其他问题，他们建议我们另请专家。

幸好我及时发现了你。

过了很久，我再细想时，才发现自己低估了你的聪明才智。这根本不是一场意外，而是你精心策划的结果。你日思夜想，做了周密计划，你知道我会在那时候进你的房间。

你很了解我的日程，你知道我大概下午一点半下课，给学生留一幕戏剧回去看，或者让他们去研究某个作者。我会和他们道别，收拾书，回到系办公室。我去那里拿第二天备课要用的东西，把其余东西放下。我会看看有没有短信，然后穿上外套，锁门，穿过系里长长的走廊，我会把办公室钥匙交给秘书处前台。我会和秘书聊几句，最后离开学校。我走三百米，来到车站等公交车，坐上从大学开往老城区的车，半个小时后下车。

你对从公交车站到我们这栋楼之间的道路了如指掌，你一定算过步数，甚至知道需要的时间。你像一个疯狂的杀手一样跟踪我，监视行刺目标的一举一动，规划距离和路线。

你知道，三点左右我会到家，你知道我回家之后，首先会来你的房间，轻轻敲门，打开门和你打招呼，问你白天过得怎么样，没有一次例外。

你相信我的精确。

但要是哪个地方出错了呢？要是学生课后拉着我，问我一段很复杂的剧本，或者系主任找我有事，或者秘书一时兴起，拉着我滔滔不绝地讲自己上幼儿园的儿子呢？

我没有失去你，是因为他们吗？

你不管这些，你凌空一跳，你确信我会在下面接住你。

正因如此，很长时间我都恨你。

因为我知道，你是冲着我来的。

从打印机里滑出一页纸，那是你留给我的一句话，上面写着：“如果我死了，那是你的错。”

我恨你，因为我不知道怎么爱你。

我恨你，因为我不能亲手杀死你。

我恨你，因为你让我发现你，拯救你。你让我把手指探入你的喉咙，把你额头上汗湿的头发拨开，让我的手伸到你的血泊里，让我绝望地呼唤你。

你惩罚我，因为让你生为女人，这都是我的错。

你的示威达到了想要的效果：我们越来越疏远了。我们都知道，疏远之后，就无法相互影响。

你出院后，我陷入了恐惧里，悲痛欲绝。面对我的痛苦，你利用一切手段、情感和困惑，策划了这场游戏。

你父亲觉得有必要取代我，负责大家的生活起居，让我慢慢恢复，找到方向。他去买菜，问我想吃什么，他来做饭。我们似乎回到了你刚出生那几周的时光里，他喂养我，我喂养你。只是，我们之间完美的传递已经断了。我变得沉默寡言，吃饭时心不在焉，而你却和他成了盟友。

如果没有特别的事需要交流，我们可以整天不说话。你不想回学校，说自己还没好。你关在自己的房间里上网查资料，一查就是好几个小时。

我知道你在查什么。

我明白继续僵持下去的结果。你太狡猾了，你没有长期作战，再采取极端手段，而是直接进入了下一步。你不想战斗，耗时耗力，你只希望积攒能量，尽快达到自己的目的。

这时我才明白，没什么能阻挡你，我们唯一能做的就是拖，尽可能拖住你疯狂的脚步。

你越来越强了，强到难以置信：你有年轻人旺盛的精力，渴望获得自然没有赋予你的东西。

我们永远都赢不了。

30

你的“自杀表演”几周后，我找到了一段多年前拍的录像。我整理以前的硬盘时才找到的，不知道这段录像在那儿尘封多久了。

我点开文件，不知道里面有什么。那是一个叫作《许诺》的文件，我一时没有想起来是什么。我想起来时，又赶紧把窗口关上，害怕看到里面的东西。

我愣住了，有几分钟心情不能平复。它就像是潘多拉的盒子，尘封多年，不该被打开。

我迟疑了一下，犹豫不决，不知怎么办。我知道它会伤害我，却不明白它会伤我伤到什么地步，为什么伤我。

文件夹里放着我和你父亲在你出生前的几周里录的视频，我们想等你长大了给你看。我们想对你做出许诺，并希望有朝一日你能听见。我们相信自己是最特别、最棒的父母，绝对不犯上一代人在我们身上犯的错误。我们是与众不同的开明父母，我们在意你真正的想法，不要求你必须听我们的话。我们是新时代的父母，思想比上一代人先进，不会像他们一样，忽略情感教育，只追求实际。

我们是最好的父母。

本来只是说着玩的，现在却变成了严肃的承诺：我们一时兴起，立下了约定，想留给以后的你。

后来，我们把它都忘在那儿了，就像忘记其他事情，因为生活把我们引到了一条意想不到的路上。

我放了一遍录像。我坐在椅子上，不知不觉好几个小时过去了。

我含着眼泪，看着那一对夫妻，他们还热爱生活，憧憬未来，他们在乡下的房子里——你父亲搬到罗马以前住在那里。我们没钱维护，它看起来很破败。我们喜欢那里，它是我们的港湾。冬天，我们依偎在火炉边取暖；夏天，我们坐在草坪上，呼吸着柠檬花和橙花的芬芳，眼前只有连绵的远山。

那天，我穿着黑运动裤，汗衫卷起来，露出了肚子，我的肚子已经很大了。

这时，你父亲出现在画面里，我的眼泪夺眶而出，才想起自己早就忘了：他在我心里曾经是最重要的。他开朗、自信、乐观，他有一头乌黑的卷发，络腮胡，带着一副大黑框眼镜。

他看起来很愉快，提到我和你时，总是难以抑制自己的喜悦，满脸洋溢着开心的笑。

我们轮流拍摄所谓的“许诺”，我们俩都对你做出了许诺。

你父亲约定要带你环游世界，要教你摄影，约定我们要永远在一起，决不辜负你的信任。

我比他还要激动。我一边抚摸着肚子，一边轻声对你说话。我不看镜头，而是看着你。我声音很小，不想打扰你，又刻意把头贴近肚子，希望让你清楚听见我的话。我微笑着，心里激动不已，我有时候会像小姑娘一样，忽然笑起来。那时，你的小脚猛地踢了一下我的肚子，就像一个激动的小外星人。

我答应你，我会对你足够耐心，一直会心平气和地与你交流。不管发生什么，我会永远爱你。我会保护你，不强迫你，让你自己选择要成为什么样的人，做什么样的事。

我呆坐在屏幕前，几个小时过去了，天已经黑了。我一遍遍回放这些以前的录像，思绪停不下来。我觉得上面的人不是我，而是别人，是另一个自己。我盯着录像，只能用手捂住嘴，不让自己哭出声，不让自己骂你。

伊娃，你对我们做了什么？我们那么爱你，甚至为了你死了心。你之前的父亲已经死了，他不存在了，出现在那栋房子里的男人已经逃走了，那个总是制造欢声笑语的男人已经消失了。这里只剩下一个空空的躯壳，他倚着墙慢慢走路，只因为你还活着，他才留着最后一口气。

第二天我又回去看了录像。我没有告诉你父亲，不想让他想起以前那些欢快的时光，也不想提醒他：我们的承诺一个也没有遵守。

31

我决定自己一个人去找玛德琳。我不知道为什么，只是有了这个想法，就这样做了。但事后想想，或许我有自己的理由，我终于决定自己来负责你的事，一个人挑起重担。那时，我终于决定接过你父亲肩上的担子，扛起我们的世界。

我对玛德琳说了你的情况，我告诉她，我想信守对你的诺言。

那次你自杀未遂之后，就有些与世隔绝了，连以前好不容易交上的朋友也不联系了。你整天一个人待在房间里，对着电脑屏幕，或窝在沙发上看电视，戴着耳机听音乐。总之，就是对我们很疏远，吃饭时你不说话，只是低头看手机，你和一些人发短信保持联系。但后来我才发现，他们都是和你一样的人。

你少数的几个朋友，以前还打电话来，问过几次你的情况，现在也不打了。你在过去和现在之间画了一条明确的线，你一直保持联系的人只剩下玛德琳。

从她说话的语气看，她一直在等我。

我明白，她从业这么多年，了解的不仅是青少年，还有青少年的父母，她把父母分成不同类型，并预测他们会做什么选择。

所以她知道我会做什么。

每个人的方式都不一样，每个人都有一个过程，但迟早都要过那个坎。

我告诉她，我们准备用激素了，或者用专业的话说，准备进行雄性激素疗法了。

我们采用的是同一种语言，不要以为每天花时间上网查资料的人只有你。那是最后一道防线，是紧挨着边界的“生死线”：要么这样，要么死。几乎所有父母最后都决定，只好这样了，一个表面的死，也胜过彻底的死。

她说的我早就知道了：黄体酮会打断你的月经，就是她说的“月经出血”。然后，这时候你可以运用你最信赖的盟友——睾酮，它会让你细软的体毛变得粗硬，让你长胡子，让你的声带变厚，慢慢改变你的外形，让你的胯变窄，胸变小。

对，我早就知道这些，我研究过了。

我们决定一步步来。目前，我们最好让你停经，把你从每月出血、换卫生巾的噩梦中解救出来。

我告诉她，我会和你父亲谈谈，我们会签字，然后尽早开始。

你已经十五岁了，虽然你一直抗拒生理变化，虽然你用绷带紧紧裹住丰满的乳房，但你还是变成了一个女人。你脸上的线条像我一样，富有棱角，你留着短发，长长的刘海被你染成金色，盖住了眼睛。

我不想让月经再折磨你了，这是你每月一次的噩梦，提醒你做女人有多艰难。你每次站着撒尿，都得清理流到大腿上黏糊糊的血。有一天你对我说，还不如让你一死了之。现在我要打消你的那种想法。对，我想这么做。这样，当你早上起来，发现我在沙发上失眠了一夜时，就不会向我投来冷漠的眼神了。就好像我的痛苦也是一种错，因为无论如何，受害者只有你，而我是个无情的刽子手，从未给过你自由。

治疗很快见效了。几周后，我发现垃圾桶里扔了一包卫生巾，就像战舰上的旗帜，高高飘扬。你要向我传达一个明确信息：这只不过是你取得的第一场胜利。好戏还在后头。

但你对我们的态度软化了，至少我觉得。

有天晚上，我们正在看电视，你走过来，和我们一起坐在了沙发上。你很多年没这样做了。吃完晚饭，你一般会起身回房间，沉浸在一个虚拟空间里，和你那些志同道合的朋友聊天，你们和你一样，都在寻找一具新身体。

那天晚上，我听见你从房间出来了。你什么也没说，也没什么好说的，你只是坐在了我和你父亲的中间。你想看这样合不合适，看我们有什么反应。几分钟过去了，没人说话，也没有人动，你用双臂抱住了膝盖。过了一会儿，你把头靠在你父亲肩上，然后整个人靠在他身上。没人说话，甚至没人敢转头看你，生怕打破了这个魔法，生怕它一碰就碎。

他揉了揉你的头发。我悄悄流下了眼泪，尽量不出声，我不想暴露自己，任由眼泪和鼻涕一起流。尽管我还盯着电视，却再也看不进去了，闪动的画面在我眼前变得模糊，泛着点点微光。我没有动，害怕破坏了气氛。

我仍然在履行我们的承诺，我天真地以为，这样就够了。

32

但这还不够。

我们的“休战期”很快结束了。我以为你看不见经血就满意了，以为停了经，你就有时间认真考虑自己到底想成为什么样的人了，但事实并非如此。几周之后，你继续向前推进。你要我去见玛德琳，你说，你们要告诉我一件事。

我觉得很愤怒。我还以为我们之间已经建起了沟通的桥梁，我自欺欺人地觉得，这样我就可以变成你的朋友，而不是敌人。可是这次我还是被你利用了，我没有戳穿你，因为我也在观察你的行动。

我猜到了你为什么让我和她见面。这场游戏很难，你还想通关，使用睾酮的时候到了。我犹豫了很久要不要给玛德琳打电话。最后我决定不打给她，想看你能走到哪一步。我假装让你主导这场戏，我和你父亲来到她办公室时，就变成了两个邪恶的反派。你和玛德琳会站在一起，对付我们俩。

我们两个局外人要参演一场戏，名字叫：《渴望睾酮的女孩》。

为了不出差错，你决定背水一战。

玛德琳做了很长的铺垫，说你长大了，说服用激素后，你整个人精神多了，我们的关系看起来也好了很多，就是为了心平气和地说出后面的话。

你坐在我旁边，和平时一样，把一条腿搭在另一条腿上，双手抱着脚踝，像男人一样坐着，但你抖个不停的脚已经出卖了你。我瞥了你一眼，心里很难原谅你。我生气不是因为你要求我让你用睾酮，我知道这一天迟早要来，只是你的方式让我生气。我不能原谅你，是因为你想寻求别人保护，针对我和你父亲——这世上最爱你的两个人。但我后来才明白，爱你远远不够。作为儿女就是理直气壮，不需要感谢父母。孩子无法选择自己的父母，或多或少，我们每个人都想过，要是有机会，一定会换掉自己的父母。我好像对我母亲也产生过同样的想法，每次觉得她无法理解我时，我就想寻求其他大人的庇护。如果我真这样做过，我想请求她原谅。我们所有人都犯过这个错，你把我们当作你所有痛苦的源头。为什么你不能犯这个错误呢？

玛德琳说，你想要和我们谈谈，而且希望她在场。

我笑了笑说："如果我们现在还需要中间人，那我们根本没什么进展。"玛德琳一时语塞了。我拉下脸，准备听你跟我们说什么，我表情狰狞。如果你真想走到下一步，就要有勇气面对我的表情。

玛德琳示意你开始说，你尽力用温暖柔软的语气对我们说，还有几周你就满十六岁了，你想看上去像男人。你说了"像"男人，是想让我们明白，你早就"是"男人了。

我回答说，你早就像男人了，你留着男人的发型，穿男人的衣服，像男人一样站着尿尿。你父亲看着我，一个劲地摇头，让我别说了。他用眼神告诉我：不要说了，再这样下去，我们会失去你。他说得对。再这样下去，你就没有勇气继续说下去了，你那样不堪一击，让我成了邪恶的该隐，你是无辜的亚伯①。我们都没开口，我想让你来打破此刻的沉默。

既然你说你是个男人，那你的勇气到哪里去了？

我看不到你斗争的决心。

玛德琳帮你说话，这让我很不舒服。

"她的意思是……"她接过你的话说。

"我知道她什么意思。"我冷冷地回答说，"我要她亲口告诉我。"

从这一刻起，一切急转直下。我揭开了自己的面具，你知

① 译者注：该隐和亚伯是《圣经》中的人物，该隐因为憎恶弟弟亚伯，而把他杀害了。

道，从那时起，游戏变难了。你必须翻越一座高山，但你又不愿意去爬。你希望这座高山变成通天大道，你可以轻轻松松走过去，不用费那么多周折。你想不劳而获，我只是对你的手段失望了。你和玛德琳合伙算计我，这伤透了我的心，所以我要反对你。我无意阻止你，我只是想给你些考验。我知道，总有一天你会成功，但你想要成功，总得争取一番，明白一切来之不易。

你父亲闭口不言，像是在养精蓄锐。他打断我们，还是一如既往，用从容不迫的语气对你说话。他的从容总是让人觉得他是个和善的男人，但对我来说，他是一个很难与之争执的人。因为和这样的人在一起，无论你做什么，你总是不占理。我和他探讨过很多次他的性格问题。如果说我是坚硬的石头，那他就是一块软绵绵的面包。只不过人们更喜欢面包，而我就只能当恶人。他让我做些吃力不讨好的工作，比如辞退偷东西的清洁工，或者和漫天要价的洗衣机修理工讨价还价。他让我处理需要和人商量与确认的事情。他说自己不擅长这种事，但我可以。他说："你很会应付这些事情。"听起来就像是，"你很适合当一个恶人。"我讨厌这种处境。我讨厌别人把怨气撒在我身上，他却躲在我后边，我讨厌自己的爱人这么懦弱。为此我们吵过很多次，他说我说得对，说他其实也想管这些事的。但后来每次开业主会议，他一察觉到要吵架时，就说："要不还是你去吧。"于是我就去了，对着报假账的物管人员发火，最后铁青着脸回家。

他在你面前，也是这副不紧不慢的样子，我一直在说他。他确实是个好男人，这不是看起来像，或者想成为一个好男人，他本来就是，这是他的本性，他没法成为别的样子。他是所有孩子都希望拥有的完美父亲，所以必须由我来扮演那个恶人。我定下规矩，他破坏规矩；我说“九点上床睡觉”，他假装没有听到，陪你一起熬夜；如果你不吃眼前的饭菜，我说“不要挑食”，他会在饭吃到一半时再给你做道别的菜。没办法和他比，他本身就是好父亲，不是装出来的。在你心里，我只能当第二名，只能当不被爱的那个人。晚上你也不愿意让我哄你睡觉，当你摔疼了，你会说：“我不要你，我要爸爸。”每当这时，我总觉得胸口一阵刺痛，于是，我想让他体会一下那种心如刀绞的感觉。

有一天，你还在上幼儿园，我要出十天差。以前从没有过这种情况，所以我安排好保姆的工作、每天下午的日程，还给你准备好了干净衣服。我问你，妈妈要走这么久，你会不会想我。你只是说：“不会啊，我不会想你的，你不在的话，爸爸就会带我睡大床。”后来我打电话给你，你还是这么说。不过后来，你变得很反常：你突然变得烦躁，遇到点小事就哭，和同学吵架，沉默寡言。你闹起脾气来，你父亲都招架不住。随后老师告诉我们，成长过程中，有时候会退步。

后来我回到家，短短几个小时，虽然没和你说话，你却安分了下来，又恢复到以前那个小女孩，心里的气恼顿时烟消云散。

“有你在，她才安心，”那天晚上，你父亲在床上对我说，“你不在，我们会迷失方向。”

是的，我是围栏，是高墙，我围成栅栏，让你们在其中奔跑；我是规定，是纪律，是向导。我本来只想做汪洋中的一滴水，却变成了大陆，长成了一棵参天大树，我盘根错节，你们在我的荫蔽下奔跑。

在我强硬表态之后，你父亲的声音像优美的旋律一样响起。他柔声问：“你清楚当男人意味着什么吗？你到底想要什么？胡子和浓密的腿毛吗？就这些吗？你以为这样就能变成男人了？”

“不是。”你说，“爸爸，我本来就是男人，从出生到现在一直都是男人。我比那些你们眼中的男人更像男人，因为他们天经地义是男人，是自然和命运让他们成为男人。但我却要不惜一切代价，哪怕磨破指甲、咬断牙也要成为一个男人。”

那时你第一次用了阳性单数的“我”。

从那时开始，我们一路走到了今天。

33

和玛德琳见面后，我们回了家，你摔上房门，重新陷入沉默之中。我们又开始冷战，不过这次，我们已经别无选择。

这是一条不归路。

我还没明白过来时，已经走在了这条路上。

几天后，我们在吃晚饭时，你很随意抛来一句：“反正只要我想要，在网上也能找到。”

我停下了吃饭的动作，叉子举在半空，眼睛看着你。后来我站起来，拿起盘子走到洗碗池边，哗啦啦的水声盖过了你和你父亲说话的声音。我关上水龙头，回了房间，我吃的几口饭在胃里翻腾着，像是在空荡荡的房间里呐喊。

那天晚上，你父亲上床睡觉时，我还在气头上。我开始装睡，他看出来了，想和我聊聊。但我没理他，他问我到底怎么了，为什么不和他说说。我转过身，求他不要那样，不要把我撇开，你们俩成为同盟，把我当成绊脚石。我说，我要他陪在身边，如果孤军奋战，我会死的。他不会用那些军事策略做比喻，不像我，生来就像参加一场战斗。他只是告诉我，这不是一场你死我活的战斗，我输了并不意味着你赢，善恶、胜负和生活的好坏并没什么必然关系。我应该停下来好好想想，如果继续抵抗，结果会怎样，如果顺其自然又会怎样。

“或许是一样的结局。”他眼神空洞地说。

但我还不打算放弃，我不想放任自流。

我们知道现在的情况，玛德琳已经告诉我们了，而且我们也清楚，没有医生指导滥用激素，会有什么风险。

我想起了“其他人”，在你父亲提醒我之前，我就是这样称呼他们的。“其他人”就是那些孩子也有性别认知障碍的父母。你大约十岁时，玛德琳邀请我们加入一个互助会。她说，和其他人分享经验，可能有助于我们渡过难关，互助会有很多和我们一样的家庭，我们一点儿也不孤单，听听他们如何面对此事，会对我们有好处。

我讨厌这种场合：在一间空旷灰暗的房间里，一群人坐在折叠椅子上，围成一个圈，把自己的私事讲给毫不相干的陌生人听。出了这道门，你不会和这些人有任何交集。你根本不愿意和他们说话，碰上这些夫妇，你宁愿躲着走，要不是一起关在房间里，你从来都不会注意到他们。

我最后还是去了，只去过一次，就再也不想去了。正如我对你父亲说的："我们没什么共同点，我们和他们不一样，伊娃和他们的孩子也不一样。他们不过是'其他人'。我们不一样。我们聪明谨慎，有意识，我们也很小心，绝不会让自己的女儿到黑市上买激素。"

34

你刚满十六岁，就马上开始服用睾酮。一开始剂量很小，你变化不是很大。你每周见一次内分泌科医生，按照他的建议服用。他说，除了会变得有点好强之外，我们可能很久都看不到什么变化。后来你慢慢加了剂量。他说，还得等上几个月，你才会发生变化。我们会慢慢适应你的变化：腿毛浓密的伊娃，长胡子的伊娃，发出男人声音的伊娃。

你常把自己关在卫生间里，一连好几个小时待在那里，观察身上每一处细微的变化。你会偷偷拍大腿的照片，寻找差别：你观察青春期时长出来的腿毛有没有变硬，有没有比用你父亲的剃须刀刮过的效果好。你在房间里练习，用低沉的嗓音说话，在激素的作用下，你的声带变粗了，你的声音听起来很陌生。

我还没勇气告诉别人：你要变成男人。

同时，我让你不要和别人说，避免一些尴尬的问题。我把所有社交活动都推掉了，像是得了传染病一样，隔绝在自己的世界里。

后来，我感觉要逃离这场瘟疫，但是我不知道，这瘟疫已经在我身上。

有天早上，我坐火车去了米兰。我回到小时候住的房间，也许是想逃避现实，想回忆童年，或者只是想寻找庇护。就好像只要回到过去，就能挽回已经发生的事。我把自己关在房间里，翻了翻以前的东西。我找到了以前的作业和笔记，看戏剧和演出留的票根，旅游时的火车票飞机票，参加音乐会的门票和演出的各种海报、光碟和磁带。我翻到了很多老照片，几十张以前的照片。有一张是我刚出生的照片，有些是我小女孩时的照片，有时候和父母在一起，有时候和几个姐姐在一起。有些照片上，我已经长成了大姑娘，亭亭玉立；有些照片上我很丑，有时候又很漂亮；有时候帅气，有时候可爱；有时候剪了短发，有时候留着长发；有时候化着浓妆，有时候又是素颜，只画着大红唇；有些照片上，我戴着鼻环，有些又没有；我有时候把头发染成了金色，有时候染了黑色；有的照片上我晒黑了，有的还很白，皮肤上长着雀斑。我尝试过各种各样的造型，但从没有想过你想尝试的事情，穿鼻环是我能接受的最大限度。

我不知道自己在找什么，或者我很清楚，我想知道这一切是什么时候开始的。我想知道错在哪里，过渡的节点在哪里，是哪一步走错了，让我要承受现在的苦果。我要在这个房间里找，因为这是一切的开始。我想，在这里，我学会怎样做个好女儿，也许我也能学会做一个好母亲。我在这个房间里，经历了我所有的痛苦，我的失恋，还有对另类生活的追寻。我和我的姐姐都不一样，相较于我来说，她们都很务实。我来这里是为了像录像带一样倒过来，重新来过。尽管我曾和父母争执不休，觉得他们一点也不理解我，但这个家，仍旧是我心目中最安全的地方，唯有在这里，我不会受任何人伤害，他们会保护我，他们会为我遮风挡雨，也会防止我伤害自己，防止你伤害我。

我从房间出来时，已经是夜里了。我母亲站在那里等我，就像我青少年时代出去玩时一样。就像那时候一样，她只消看我一眼，就知道我在身上带着什么：一瓶啤酒、一支烟，还是一段恋情。

壁炉里没有点火，我们坐在壁炉下的台阶上，她点了一支烟递给我。我们只有独处的时候才抽烟。自从得了心脏病，她就戒烟了，而我自从有了你，也不抽了。但我们还是保留了这个聊天时的习惯，像以前我二十岁她五十岁时那样。可现在我四十五岁了，她已经老了。我不想让她为我的事伤心难过，我本应该抱着她白发苍苍的头，让她枕在我的膝上，轻抚她满头的白发，而不是需要她的安慰。

但我做不到，我只知道：在这个世上，如果我是一棵树，那么她就是一棵盘根错节的千年古树。

我告诉了她激素的事，我说，这才是刚开始的第一步。

我哭了，她也哭了。我不习惯她哭泣，无论是愤怒或疲惫。她父亲去世时，她也不曾哭过。她说："一个年老的父亲，这辈子过得很幸福，他安详地走了，这也是生死轮回的一部分。"

可她现在哭了，一种真正的伤心，因为她根本不懂你为什么这么做。

我们聊了整整一夜，没有一直哭泣，有时候还会开玩笑，或者翻以前的老账，接着争吵，直到天亮。后来她说："你去睡觉吧，过会儿你父亲该起来了。"

"那你呢？"我问。

"不用担心我，我没事儿。"

35

没过多久，你没有通知我们，自己联系了一位律师，让他做你的撒手锏。

等我们发现时，你已经和律师协商好了。你在网上找到了这个律师的名字，那些和你一样想要变性的人也推荐这位律师。

他专门受理变性人的法律手续。为了领先一步，你先一个人去见他，你要提前做好准备，突破我们的阻碍。

好像你确实有权变性。

但未经法院判决，你不能做这个手术。按照意大利法律规定，你不是自己身体的主人，你无权砍掉自己的胳膊，也无权砍掉手，你也无权切除自己的子宫。法律禁止你这样做，如果一个十六岁的孩子一时任性，让医生切除他的健康器官，那个医生会被判刑。所以，你需要一位律师，在法官面前为你辩护，需要法官批准你的请求。你会有一个判决书，上面写着：

你可以按照自己的心愿，把不喜欢的地方都切了。

假如你实话实说，你会告诉律师，你父母不会同意你的请求，即使他们不同意，你也要做这个手术申请。我们惊异地发现，你确实可以这样做，根本不用父母的许可。有人告诉了你这种可能，因为有法律条文保护未成年人身体健康和性别认同，你把别人的话原封不动地转述给我们。

那位律师联系我们，要求见面。你一点也不惊讶，你知道他会这么做。

你要变性，你要做变性手术，是彻底的、不可逆转的变性。

你想做个了断，想彻底结束这持续了十六年的痛苦。你背着十字架走在这条路上，你觉得背上的十字架越来越沉重，你越来越痛苦。你急着到哥尔哥达山[①]，想早点被钉死在十字架上，然后作为男人复活。

那是我们最害怕的事。

我们不想知道，这个时刻究竟会不会到来，什么时候到来。我们不愿面对，所以没做任何准备，所以当这一刻到来时，我们还是手足无措。

我接了律师的电话，没有生气，也没有大吼大叫。

我不知道说什么，也没力气，甚至不知道怎么打起精神面

① 译者注：哥尔哥达山是耶稣被钉在十字架上的地方，又译“加略山”，即圣经记载的“各各他”。

对这一切。

那天晚上，你父亲来到你房间，他靠着墙坐在地板上，你的眼睛一直死死盯着电脑屏幕。你们很长时间都没有说话。我想，他也没想好对你说什么，他应该只是坐在那里，看着你，闻着你身上的味道，想再一次抱着你。就像你小时候，你和他在大床上玩亲亲游戏。他故意让你赢了，让你劈头盖脸地亲他的脸。他只对你说：“千万不要这么做。”他声音低沉，好像自言自语，怕自己不该这样说，怕伤害了你。也许，他也分不清什么是对，什么是错了。他不知道，为了拯救你的灵魂，是不是真的该杀死你的身体。上帝会像接纳被钉上十字架的耶稣一样宽恕你，还是抛弃你？但那时，我们谁都没问这个问题。

最后，他起身离开了房间。

经历十六年的磨难，你终于带我们走到了这一步，我们早已无力反抗了。

就像面对患了绝症的人，拖了很多很多年，也许我们也盼着伊娃死了，然后再重获新生。

律师约我们下一周见面。我们照他给的地址去找他，发现他也在市中心。我们决定走路去，我和你父亲手牵着手，不知是想和他相互扶持，还是想在众人面前扮演一对相爱的人，无忧无虑地散步。

那位律师的事务所陈设讲究，和我们与医生、心理咨询师见面的工作室不一样，那些都是公共机构，办公室都很破旧。一位温文尔雅的年轻律师接待了我们，他很热情。我原以为他会是一个贪婪成性的“讼棍”，却没想到眼前的年轻人真诚而温和。他解释说，虽然法官会咨询我们的意见，但就算我们不同意，法律程序还是会照常进行下去，因为现代法律很注重青少年的个人观点。我们不能否决你，但事实上，我们也可以提出反对意见。我们会站在你的对立面：你要自由，我们却要把你关起来；你想快点复活，我们却坚持让你待在十字架上。

在这种情况下，法官会安排一位特别监护人，充当我们的角色。这会是一个深爱着你，照顾你，为你签好各种文件，拉着你的手，陪你走向肢解台的人。而我从前给你的关心和照料全都失去了意义。

在这种情况下，诉讼程序可能很复杂，但关键是我们阻止不了最后的判决。我们把你带到这个世上来，却没有任何文件上写着你属于我们，你是我们的。

年轻律师用你的名字称呼你，但不是我们给你取的名字。你原本的名字只写在文件上，他叫的是你给自己取的名字：亚历山德罗。我坐在椅子上，气得浑身发抖。他抱歉地说，他必须尊重客户的意愿。然后他补充说，这种案例里，请监护人的钱包含在诉讼补助里，不会增加我们的负担。“律师，钱不是问题。”我说。但我语气不善，完全是在挖苦他。我当即就后悔了，因为他语气并不傲慢，他只是想说，在我们中间除了你，还有一条痛苦的战壕。

他提醒我们，做这个决定时一定要慎重，要考虑后果，要考虑这个决定对我们今后关系的影响。那位年轻的律师还说，他很少碰见像你一样决绝的人。

他也一定很少碰见像我们一样的父母。

我们回答说，我们不反对你，也不需要什么监护人。我们问他，之后会发生什么，我们签完字后要等多久才能开庭。虽然没有说出口，但我们真正想知道的是：我们大概还有多长时间让你回心转意，让你恢复理智，让你找到幸福。

律师慷慨大方，把他所知道的都告诉我们了，告诉了我们从签字以后会发生的事，他给我们说了全部细节。首先，他要搜集呈堂证据，需要你接受治疗的机构开一份证明，一份内分泌科医师的证明，还要有一位精神科医师证明你没发疯。

但他没有这样说，他没用这些词，他永远不可能这么说。

他用了另一个词：过渡。“亚历山德罗正处于过渡时期。他没有疯，也没病，只是正从一种状态转变到另一种状态，就像怀孕的女人一样。”他微笑着解释说，“这只是一种状态，就像怀孕的女人，处于一种特殊的状态，敏感而脆弱，但这种状态只会持续九个月。她必须经历这个过程，她需要照顾、关心，做检查，也要吃药。但也只是在这一阶段，她需要一种特别的关照。正因如此，政府承担了这个责任，只要审判通过了，亚历山德罗就可以在公立医院做手术了。”他还说，“到那时，对他们这类人，这是一个极大的解脱。”

他打的比方让我不禁笑了笑。我想起了那些抚摸我肚子的人，陌生人的手指传递着负能量，影响了我的胎儿。我想，过渡期结束后，你会变成一个崭新的人。之前的一切都会被丢弃，你会摆脱子宫，还有所有的一切。

亚历山德罗在自己的体内破茧重生，他撕裂了旧躯壳，换来了新生。

他很出色，他会做得很好。

上诉之后，我们还要等大概四个月，才会收到法官的传唤。

你终于找到一个人，对他说出自己的理由，而他也会洗耳恭听。

但对我们而言，只剩下四个月时间来接受早已写在你 DNA 里的判决书。

36

玛德琳向我坦白说，她也觉得很惊讶。她不是没料到会变成这样，她想过事态会朝这方向发展，但没想到你会完全打破了所有限制。你被那股力量推着向前走，势不可挡，就像决堤的河水。

你向前跳了一步，让所有人都措手不及。你已经不想等了。你小时候在你表姐面前选择的名字，在你十八岁时要成为你正式的名字，你要在高中毕业证书上写着那个男性的名字。

你知道，在意大利的公立医院挂号要排很长的队，为了加快计划，你决定事先采取行动。

玛德琳第一个站出来劝你，她想告诉你，欲速则不达。你体内的激素正趋于一个新的平衡，其实不需要动手术也能达到你的要求。而且，手术根本不像你想的那样，手术不能从根本上解决问题，反而是另一场折磨的开始，你的身体会面临无数次干预、调整和重塑。

她很厉害，比我厉害多了。她说了我想对你说的话，只是她的话里没有一点批评你的意思，只是理性地分析手术的利弊。我说不出那些话，但她可以说。如果我说了，恐怕你又要大发雷霆了。

尽管我比她爱你，我对你的爱任何人都无法超越。

不过她也说服不了你。你说，你都想好了，你不愿意再等了，再等下去，你就会死的。

你要她给你开律师需要的诊断证明，她无法拒绝。她很不情愿地写道："患者有很显著的男性身份认同，在社会交往和人际关系中有极大障碍，患者现在的生活状态、个人需求，急需进行手术干预，改变户籍上的性别。"

进行手术干预，改变户籍上的性别，我没有做好的事情，由别人来收拾烂摊子，事情就是这样。

我问她，是不是早就知道事情会发展到这一步。我恳切地问她，是不是第一次见面的时候，她看到你扮成蝙蝠侠，就知道你会有一根假阴茎，手臂上长着长长的汗毛，去户籍登记处要一份新的出生证明，一份重生的证明。我问她是不是早就了然于心，她让我们一步一步走到这里，就是为了让当初我们接受不了的事，变得合情合理，让当初我们觉得是地狱、死亡和最终审判的事，成为每天的日常。我问她："你实话告诉我，当初你说一切会回归正轨，你是真的相信有那么一天，还是只想让我们苟延残喘？"

她一时答不上来，但她理解我的痛苦。"托尔维加塔"综合医院精神科开了诊断证明，上面写着：经诊断，患者有焦虑-抑郁综合症状，该症状完全源于性别认知障碍。

庭审定在了四个月以后。

你开始等待那一天的到来。

37

时间过了多久了，伊娃？在这个地方，人分不清白天和黑夜，白炽灯是二十四小时不落的太阳。我站起来，想活动下筋骨，我腿上的肌肉已经变得僵硬。我来到手术室门前，朝玻璃窗里望去，里面人头攒动，围绕在各种器械旁边。我看见还有另一扇门，你就躺在那里面。我知道你在那儿，可我看不到你。

在手术开始前三个月，我们去找了拉多维奇医生。我们到他的门诊来做手术前的常规检查和化验。他希望我们在他的诊所做这些检查，这是包含在手术的费用之内的，他要营造一个尽职尽责的医生形象，不想表现得太贪心。

那时你和他的一个助手在做检查，我敲开了他办公室的门。他正坐在办公桌前打电话。他边接电话，边转着椅子，像玩旋转木马的孩子。他冲我微笑了一下，示意我先坐下，等他打完电话。他说的塞尔维亚语，我听不懂，只觉得有些发音很生硬，和我之前听过的所有语言都不一样。我一个词也听不懂，发音也很陌生。只是突然间，我捕捉到了一个词：病人。这个词似乎在所有语言中都很相似。

他挂了电话，重新对我露出微笑。他问我还好吗，就像朋友一样和我打招呼，仿佛接下来我们要面临的事情根本不存在。我不等他说别的，就直截了当问他你有没有准备好。这是我和他第一次独处，我要他看着我的眼睛，跟我说实话。他用带着巴尔干口音的蹩脚意大利语回答说："我不知道她有没有准备好，也不想知道。这是精神科医师和心理咨询师负责的事情。他们会告诉我手术能不能做，也是他们负责和您女儿沟通，他们要和孩子的父亲、爷爷奶奶、外公外婆和兄弟姐妹沟通。我只认文件，如果两个精神科医师开了证明，上面说可以做这个手术，她已经准备好了，那就可以了。"

你现在在哪里，伊娃？你走到哪儿了？看到了什么？有什么感觉？告诉我吧。你听得见我说话吗？以前我们有心灵感应，我们的感觉是相通的。你还记得吗，你高一时，我考虑了很久，最后鼓励你参加班上组织的郊游。你答应了，但心底还是很害怕，因为你从没在外面过过夜，你从没离开过我们。我和你父亲想办法安慰你，说没事的，你会玩得很开心。我们要骗自己，相信你和同龄人没什么不同，但其实我们心里也很担心，怕你有什么三长两短，怕你的与众不同沦为他们的笑柄。我们嘱咐老师，还有你几个好朋友的父母，让他们告诉孩子要好好照顾你，让那些怀着病态的好奇心的人不要靠近你，不要让他们看到你衣服下面的身体。

第一天晚上，我还是失眠了，我不停起床，在家里走动。我本来想给你打电话，但觉得时间太晚了，我后悔没早点打给你。我有一种不祥的预感，但又一个劲安慰自己，是我想多了。我们晚饭时才通过电话，那时候你还好，我不能打电话打扰你休息，可心里实在放不下。深夜一点了，我无数次拨了你的号码，又无数次挂掉。老师说十一点以后不要打电话了，但我最后还是无视她的忠告，拨了你的号码，电话只响了一声你就接了。你说："妈妈，我好想你啊，我想和你说话。"我听到了你啜泣的声音。我知道，伊娃，我感觉到了，我想跟你说，我感觉你在呼唤我。你从我肚子里诞生，那里依旧回荡着你的声音。

我宽慰你说："别担心，不会有事儿的，和让你有安全感的人在一起，放心享受接下来的旅程吧。"你睡着了，第二天，一切都有了好转。

我们还能这样么？伊娃，你还听得见我的声音吗？告诉我，你的天空中有什么？告诉我，你会变成什么样？告诉我你的忧虑、幻想和安慰。告诉我，他们正在给你造的阴茎怎么样，是不是和你想的一样？有一天，我无意中在你房间里找到了一本你藏起来的书，上面全是人造阴茎的图片，他们做的和图片上的一样吗？我跟你父亲说了这件事，我不屑地把这本书叫作“鸡巴目录”。书是你从别人那里借的，你要选一款合适自己的。你还把书带来这里，给拉多维奇看。“我要这样的。”我顿时觉得很不自在。他微笑着说，对女变男的人而言，这再正常不过了。“他们对未来怀着美好的期盼。”你不在我们跟前时，他解释说，“他们想象得很完美。你想啊，他们盼星星盼月亮，等了那么多年，就是想要一根阴茎，它必须十全十美。可问题是，根本不存在完美的阴茎。”他接着说，“他们后来都会对人造阴茎失望，医生终究造不出他们想要的东西。有的人就此满足，但有的人为了追求完美，一辈子全耗在了手术当中，但愿您女儿不是这种人。那种要求从来没有尽头，这是一场不会结束的修订，是一辈子的折磨。”

伊娃，你的阴茎不是真的，那是从你腹部割下来的一块皮肤，卷成圆筒形状，连在阴道口那里。我的天使，这就是你梦寐以求的阴茎，是一块软塌塌的肉，它和你想象过的一点儿也不一样，医生会在这层含脂肪的皮里塞入一根硅胶，让它变硬。他会切开你的大阴唇，在那里塞入两颗透明小球，缝起来，让它看起来像真的睾丸一样。最后，他要给你做一个漂亮的阴茎头，只需用刀子在顶部划开，把皮肤向里折进去。我的宝贝，你今后只会感到疼痛，因为这根通过切割和针缝做成的阴茎，永远不会带给你快感，因为这无法实现，也无法创造。无论你将来爱上谁，你所能享受到的只能是女人的快感。尤其是，你不能用它尿尿。对，在这一点上，拉多维奇毫不让步，你第一次提出这种要求时，他就拒绝了，不管你生不生气，他根本就不听你的理由。

“我们不会做尿道。”他斩钉截铁地说，“太容易感染了。”他也无法接受。“已经没人做这个手术了。”他说，“我们现在技术还没到那一步。我们已经越界了，太心急了，以为能在这么短的时间里创造出上帝花了几千年才进化出的东西。”

你还是得坐着尿尿，你还要继续受苦。就算你已经是成年男人，你还要受苦。这不是我的错，伊娃，我遵守了我的许诺，那是你还在我肚子里乱踢时我许下的诺言。那是我在一段视频里许下的诺言，我躺在沙发上，那时岁月静好，生活宛如一片宁静的大海。我遵守了我的诺言，陪你来到这扇门前。我放开手，看你躺在担架上进入手术室，我轻声说：“我爱你。”然后慢慢把你推向远处，让你独自远航。

我放手让你成为想要成为的人。

我站在岸边，眺望你的身影。

可我现在看到的不再是你，而是一具开膛破肚的尸体漂荡在水面上。

就像那些最可怕的噩梦，我最害怕的就是夜晚，闭上眼睛，不知眼前又会浮现出什么可怕的场景。

可当我睁开眼时，我才意识到现实比梦境还要可怕，还要令人崩溃。

阳光普照大地，我的恐惧无处遁形。

38

开庭时间定了，不出所料，法官让我们也出庭。

你的律师早就给我们发了封邮件，通知我们你几天之后才告诉我们的事。你明显不想让我们来。你知道，你没法要求我们按你的想法说，但你要确保我们不会破坏你的计划。

你和你父亲谈了谈。他说，到时候法官问什么我们就答什么，我们会如实回答。

我不知道这样会不会让你满意，但你不能对我们有太多要求。

律师让你放心，虽然每次判决都没个定数，但法官基本上都会批准的。你手上有所有文件，而且你算是很典型的案例了。只要陪审团不提出异议，法官就不会再审，你好像很担心他会再审。有人打电话，你和他聊起你的事，我听见你在电话里说："有个混账心理咨询师，他问我小时候喜欢玩洋娃娃还是小汽车。"

没有任何征兆预示判决会对你不利。

但你还是越来越紧张，你知道自己要经历的考验，你已经事先品尝到了胜利的喜悦。你为这场比赛准备了一辈子，你知道自己就要赢了，你激动地盘算着之后要做的事。胜利就在眼前，伸手可得。你欣喜若狂，总算要摆脱这笨重的胸了，总算能有梦寐以求、雕塑般平滑的胸了。

接下来要走的程序，你肯定早就打听好了。判决一通过，你就可以去医院挂号，排队做变性手术，你一旦摆脱女性生殖器，就会再出一道新判决，让户籍登记处变更你的名字，就是所谓的“性别变更”。意大利法律是这样规定的：伊娃要成为亚历山德罗，就必须归还她的子宫。

你要求开庭那天穿上新衣服，你要做完美的女人，也要做完美的男人。

我陪你到男装店选你喜欢的衣服。你想给法官留个好印象，想告诉他你真的是男人，而不是个假小子。

你说：“我想穿得正式一点。”我带你去了我熟悉的一家店。那是一家名牌店，我想用钱买到周到的服务，能让售货员闭嘴。你的胸太大了，根本遮不住，虽然用了激素，你看起来比较中性，但还是很难判断你是男是女。事情后来就是这样：售货员没说话，也没问我们，她抑制住自己的好奇心，好在吃饭时才跟同事八卦我们。我坐在试衣间外面，看你试穿一件件优雅的西服，还有带着折痕的西裤，恍惚间觉得不是送你去屠宰场，而是要给你买结婚用的礼服。最后你选了一套很朴素的衣服：黑色的西装，搭配灰黑色的西裤，还有一件比裤子颜色亮一点的衬衣。我们决定不要领带，因为那样就太庄重了。从背后看着你，你像一个完美的儿子。

开庭那天，你很早就起床了，你想不慌不忙地做好准备。你父亲把咖啡端到床边时，说你已经准备好出门了。

我们商量好分开走，你和律师一起走。

你出门时，我还在洗澡。

我两小时后在法庭上见到你时，差点没认出来。你穿着我们一起买的西装，脚上是一双新运动鞋，让你看起来更有朝气。你把金发梳到脑后，露出了脸，我不敢相信，你看起来那么优雅帅气、干净整洁。你穿上男装，让我想起了上个世纪四十年代躲在柏林的那些女同性恋，我不禁微笑起来。

你的律师来和我们打了个招呼，说法官会先问你几个问题，然后会问父母几个问题，很快就能结束。

最近几个月，我一直在琢磨“很快”这个词。我印象中，你难道不是昨天还在吃我的奶吗？你难道不是昨天才学会走路吗？你难道不是昨天还用胖乎乎的手牵着我，抓住我，想永远和我在一起吗？我难道不是昨天才换下你的尿布？我难道不是昨天才教你切肉排，吐葡萄籽，教你怎么擤鼻涕的吗？难道不是昨天的事吗？

我看着你父亲，才发现他已经老了。真好笑啊，我们总是看见时间在别人身上留下的痕迹，却看不见自己。我也老了，也许我怎样看他，他就是怎样看我。我想放任自流，我再也没力气划桨了，就让它随波逐流吧。我不会再干涉你和你的法官了，我要收起船桨，举手投降。

你会拥有自己的人生，而我们将提前老去。

你和律师从法庭出来，该我们入场了。

现在轮到你在外面等。

法官坐在桌子前，看到我们进来，让人关了门。他先冲我们温和地笑了笑，然后问："你们就是伊娃的父母？"

39

法官和我们谈了一个多小时。

我从法庭出来，第一眼就看到了你充满愤恨的脸。我可以想象你的神情，就算隔着紧闭的大门，你在做什么，在想什么，我都一清二楚。我知道你在叹气，你气得抠掉了窗子上的一块白漆；我知道你把吃早饭时的小票折了很多道印子；我知道你焦虑得把自己的指甲咬出了血。我清楚，在门外等待我的将是怎样的表情。

你一点都不担心我和你父亲，我们一出来，你马上问律师情况怎么样，为什么我们在里面待了那么久。你说你快要急疯了，你听不到我们在说些什么，你想知道我们说的每句话、每个过程和每个眼神。律师心平气和地安慰你，让你放心，什么也没有发生。可我看见你的脸还是阴沉了下来，你的表情有些扭曲，破坏了四十年代德国女同性恋气质。

我很难过。我本想看到你开心的笑脸，本想彻底结束你的痛苦，让你获得胜利，让你站在领奖台上，获得你的奖杯。我本想抹去你生活的痛苦，消除从童年陪伴你至今的孤独，让你变回正常的孩子（男孩或女孩），在家里插满鲜花，放着音乐招待你的朋友。我本想让时光倒流，改变过去，像现在拉多维奇一样，抚平你的伤口，清理那些凝固的血痂。

我想告诉你这些，但已经来不及了，你和你的律师离开了。你学会抽烟了，我从后面看见你拿出打火机，先为律师点了烟，然后再为自己点上。

你和那些有教养的绅士一样。

我从后面看着你，心想你是从哪里学到这些动作的。从电视，或者电影里吗？或者其实这本就在你的 DNA 里，从你一出生，从他们第一次把你抱到我胸前，你就带着男人的 DNA？

40

有一天晚上，我答应你父亲和他一起去参加一场同事聚会。我自己也不知道为什么我会不假思索地答应了。他现在晚上很少出去，即使出去，也不怎么要求我和他一起。在这个方面，我感觉他像变了一个人似的，他对夜生活失去了兴趣，也不爱和人打交道了。久而久之，他只在有工作方面的应酬时才出门，其他时间他都在家里。我还有我的书，而他只有我了。

聚会上全是建筑师，这种场合，我以前是应付得来的，可那天晚上我却有些手足无措。我太久没出门了，太久没见过身边的正常人了。我发觉我一直低头检查自己有没有穿衣服，检查是不是出来太匆忙，忘了穿内裤或外裤。

你父亲夸我漂亮，但我知道我并不美，我只是穿上了参加聚会的衣服。

你知道，很多年来，我们一直对外隐瞒着你的事，我们瞒着身边的亲朋好友。但纸终究包不住火，有一天你对我们说，要是不让你做你想做的事，你就去死。你以死相逼，对我们表明了态度。

你想要的自由对我们而言有多残忍，你一点儿也不在乎。

对于你来说，事情很简单，你要面对你的敌人。敌人就是我们，我们把你生下来，这局面是我们一手造成的，是我们的错。我们就是自然、命运、生活和创造，是你的基因、染色体和记忆，是你的X，也是你的Y。

你要对抗我们，简直轻而易举，你不费吹灰之力就能让我们粉身碎骨。

我们开始等法庭的判决，律师说庭审过后，还要等四十五天。

我们以为结局已经定了，法官肯定会同意你的决定。你现在只需要等判决书，这场仗你已经打赢了。

你父亲在和一个同事聊天，我靠着墙等他，假装自己和墙融为了一体。我端着一杯“普洛塞克”起泡酒躲在那里，不希望别人注意到我，不想他们认出我，盯着我心里琢磨：“看啊，这就是那人的妻子，据说他们的女儿要变性。”

还好没人注意到我。直到有个优雅的女人朝你父亲和同事走了过去，她身边有个金发女孩，看起来和你差不多大，身材高挑，化着淡妆，很端庄，举止也很得体。她应该是旁边这对夫妻的女儿，虽然那女孩极力掩饰，但看得出她对眼前的聚会没什么兴致。

那位母亲很自信，她高高瘦瘦，一头金发，尽管不漂亮，但是发型和妆容很完美。我打量她的手、脸和衣服，觉得她白白糟蹋了这一身衣服和化妆品。

我一点也不在乎自己的容貌，仅有的那点美丽，我也任凭它逝去；而她却把上天赐予她的那点容貌当作救命稻草，死死抓住不放。

我一直不喜欢和人打交道，我越来越孤僻。只是现在我孤僻的理由变了，在我的厌恶情绪里夹杂了愤怒、冷漠和无奈，现在甚至带着一丝同情和幻灭。我同情眼前的人，我观察着周围的人，看着他们的脸，打量那些人的神情，想从眼神里看出他们的痛苦。

但她眼里什么也没有，我看不出有什么事情折磨着她，我们不一样。

我最怕这种人了，他们哪里来的自信呢？是有魔法保护，他们才那么嚣张吗？难道她不知道风水轮流转，总有一天，她的孩子也可能会死，会失踪，被人强奸，被阉，或者变成基佬吗？

不，她不知道，生活不会给她那么多惊喜。

我们才是“别人”。

他们脚下是通天大道，他们生活美满，儿女会出人头地。

那女人问了你父亲什么问题，你父亲指了指我，他们一起向我走过来。他们做了自我介绍，我擅长伪装，我是出类拔萃的“伪装大师”。我之前一直在假装一切正常，演给你同学的家长看，演给同事看，演给自己看。有些日子，我对自己说，一切都会好起来的，但实际上这一天一直都没有到来。

我发现，那个女孩是他们的大女儿，他们的小女儿不喜欢聚会，就去同学家睡了。

你一个人在家，我劝你早点睡觉，别一直玩电脑，但我知道你不会听的。

那个看起来无懈可击的女人开始炫耀她的女儿。她说得自然而然，仿佛女儿不在跟前，她就好像在推销一件没有灵魂的商品，一笔保险，又像是在吹嘘一张毯子的质量，或者推销一条手工制造的顶级羊毛围巾。

我还记得她的口音、她身上浓烈的香水味、锃亮的皮鞋和血红的手指甲。我还记得她滔滔不绝，那些话从她涂了口红的嘴里蹦出来。我还记得，我想让她停下来，却依然阻止不了她没完没了。她口若悬河，那些话铺天盖地，让我喘不过气来，无处遁形。我心想她为什么这么做，为什么她要告诉我这些事：这女孩很漂亮，有好几家模特公司都向她伸出了橄榄枝，但她另有打算，她不是死读书的人，她不会浪费青春年华，她有很多朋友，她不怎么喜欢派对，但还是乐意做其他女孩做的那些事，前几天我们送她去参加一场派对，她觉得那儿的音乐太吵了，她一直不喜欢那种类型的音乐，她叫父亲早点把她接回去，真的，她觉得挺无聊的，我知道原因，因为她一直很喜欢芭蕾，几年前我们给她买了一家歌剧院的通票，真是花了我们一大笔钱，但说实话她现在越来越喜欢现代音乐了，前几天我们听了场音乐会，我觉得真的很无聊，但她却在那儿听得入迷，她坚持要听到最后，眼睛都不带眨的，一定是她的音乐老师让她爱上了音乐，你们要知道，能在高中遇到一个知名大提琴家当老师，可算是交了大运了，所以她现在决心要学钢琴，但她的老师不建议她丢了芭蕾，毕竟这爱好培养了那么久，她很有天分，虽然她不是很喜欢现在的角色，但反正马上就跳完了，宝贝，别担心，反正已经是最后一场演出了，而且在一群小女孩中，她个子太高了，发育太快，很难找到适合她的角色，你们看，她比我还高，她没穿高跟鞋，我穿了高跟鞋都没她高。

她笑了笑。

她脸上一直带着微笑，突然问我说："你们也有个差不多大的女儿，对吗？"

"对，她也是十六岁。"我回答说，"她在家，应该正在网上找一个假阴茎模型，想等十八岁时移植到自己身上。"

她笑不出来了。

她女儿眼神低了下去，她丈夫用温暖的目光看着我们。

只有她不知道这件事。

41

判决没有通过。

法官不同意让你通过外科手术矫正性别。

伊娃还是伊娃，会继续以伊娃的身份活着。

这消息就像一盆凉水，劈头盖脸地从你头上浇下来，一直凉到脚后跟。

法官不允许你十八岁时肢解自己的身体，医生如果砍断你的手臂，切除你的乳房和子宫，会被他判刑。

那段时间你很暴躁，你知道判决马上就要下来了。你像一头困兽，等待着你的自由，又像被关押的死刑犯，等待着大赦的到来。你在房间里打转，像被关在笼子里，只有把铁栅栏打开时，你才能出去。

电话响起时，你知道你的未来就靠一句话：要么自由，要么无期徒刑。

我们听见你歇斯底里地大喊，哭泣，然后开始咒骂。我起身离开书桌，来到了厨房，看见你父亲正在做晚饭。我要去看看你，他却拦住我，使了个眼色，意思是“别过去，别出声”。我们没有说话，我明白他的意思，我们一动不动地站在原地，听着从门的另一边传来你绝望的叫喊，我们大气都不敢出。

就算我们听不到律师在说什么，也不难猜到这通电话的内容。法官肯定拒绝了你的请求。律师说，原因我们现在还不知道，要弄明白法官为什么这样宣判，需要时间，也需要手段。需要两周时间，就能知道法官背叛你的原因。

我和你父亲站在原地不动，我们没有拥抱，没有对视，也没有开口。我们站在那里，听着你发泄胸中的怒火和痛苦，我们无言以对，只是很惊恐。

我们还是决定不进你的房间，不会在你绝望时擅自闯进去。不知道是我怕了，还是一种体贴，又或者怕你像X光一样，看透我在想什么：如果你咒骂的那位上帝真的存在，他一定会同情我们的遭遇。

我想让你一个人静静，我们听见你大喊大叫之后哭了起来，后来什么也听不见了。

过了几个小时，我悄悄推开门，看见你穿着衣服倒在床上，筋疲力尽地睡着了。

我在沙发上坐了一夜，电视一直开着，让我整夜都不要睡过去。我不会不管你，我不能让自己睡着，你一个人晚上从绝望中醒来，可能会做出傻事。

我要睁着眼睛，守护着伤心欲绝的你。

第二天早上，我被你洗澡的水声吵醒了。你父亲煮了咖啡，来沙发前递给我，然后才去穿衣服。

我坐在沙发上，因为睡眠不足，我有些头晕。我手里捧着热腾腾的咖啡，等待暴风雨来临。我知道，这场海啸会翻涌着后退，积攒力量，巨浪会劈天盖地冲过来，淹没你。我知道，过一会儿，你的愤怒会把我卷入大海，这次我不会逃了，我会站在岸边，等漫天的海浪滚滚而来。

海浪打了过来。

你从浴室出来时，我叫了你的名字。我只是叫你一声“伊娃”，你就转过身来看我，像是一头要来撕咬我的狮子，你像一只猛兽，虎视眈眈地对着眼前鲜血淋漓的肉。

是我错了，都是我的错，从怀上你那刻，一直到庭审的这天，都是我的错。我说了什么，我是怎么回答法官的问题的，那场无穷无尽的漫长审判中，到底发生了什么？

从你嘴里说出可怕的话，让我无法应对。你确信是我和你父亲影响了法官做判断，甚至说我们贿赂了他。你声嘶力竭地朝我们吼着，你绝不会原谅我们，你豁出去了，谁也阻止不了你，大不了一死。我知道你想说什么。

“你知道这是什么意思吧？你知道，从今以后，每一分钟都很合适？别让我一个人待着，什么也别干，就像影子一样跟着我吧，每一分钟都可能是我最后一分钟。”

42

但你没有自杀，那天没有，第二天没有，第三天也没有。

你只是陷入了沉默，一种充满绝望的沉默。你有时候很愤怒，有时候会痛苦，一种钻心的痛苦。

你没了方向，现在没有关闭的铁门，也没有你想逃走的牢笼，你追求多年的目标突然不见了。不能做外科手术了，不用去医院挂号，你没必要等下去了。

两周后我们才知道法官判决的理由。律师给了你一份复印件，上面写着："经该法官判定，原告身体及心智尚未发育成熟，故不批准执行这种彻底的、不可逆转的性别修正方案。"那个矮矮胖胖的秃顶法官白纸黑字写得很清楚，"不可逆转"，就连他也没准备好。在我们和他的经验里，什么事都可以"逆转"，一种决定可以"逆转"，处罚可以"逆转"，就连无期徒刑也可以"逆转"。但你想做的却不能，他不敢同意，也不想做你的帮凶。

他想说："我很理解你，但抱歉，我不想承担后果。"

我可以想象，这位法官做了怎样的努力。他投入自己的意愿和人性，运用了自己的经历和同情心，义务和权力，却还是不行。他接受不了一个十六岁的女孩，明明健健康康的，没遭遇车祸，也没发疯，却躺在手术台上，拿自己的生命当儿戏。

在我们交谈时，他告诉我们，他没有孩子。我想，是不是这个原因影响了他做决定，他设身处地，想象自己是一个女孩的父亲。我有些同情他，他无论做出什么决定，一定都会觉得自己错了。

你叫他杂种，骂他是胆小鬼，是孬种、白痴和混蛋。可你还是不解气，你在房间里不停地诅咒他，像只被水杯困住的虫子。

律师告诉了你下一次上诉的时间，这让你火上浇油，你还得等四年。对十六岁的你来说，四年的时间简直无法想象。

你父亲付清了律师的钱，他回来时，关上了身后的门。一瞬间，只有一瞬间，我庆幸这场噩梦终于要结束了。我们终于摆脱这件荒唐事了，通通忘掉吧，从今以后，这会成为过去，只是十六年不愉快的回忆，我们可以重新开始。

43

有时候我在想：我之前能不能终止这场旅行，我现在能不能打断它。我想象自己走进手术室，阻止所有人的行动。我把拉多维奇手里的手术刀夺过来，拔掉管子，大喊着让他们住手，放过你。表演结束了，剧院要关门了，看看他们把你弄成了什么样子：一个半男半女的人，一段没有曲线的血肉之躯。我们来不及了，旅途一旦开始，没有中途可以停泊的中转站。我们只能继续向前，“不可逆转”意味着不能回头。

我们一同上了这趟列车，因为害怕，因为无法承受的痛苦和生活，列车开时，我说“我愿意”。从那一天起，我们开始了这趟没有回程的孤独旅程，没人上车，没人下车。

我盯着面前的列车看了很久，它静静卧在铁轨上，我们站在原地，进退维谷。我祈祷列车早点开，希望我们赶不上这趟火车。这趟旅途完全是上天和我们开的玩笑，你带我来到了你的“天堂”，对你来说是一个全新的开始，但在我眼里却是无尽的深渊。我脚踩在坚实的地面上，眼前就是深渊。那句“我愿意”我说不出口，我清楚这是最后的防线，一旦陷落就再没有回旋的余地。但我知道，我早就知道，什么都拦不住你。

当你从判决的失望和愤怒中缓过来时，我感觉你好像平静了很多。你又回到学校，开始用功学习，你继承了你父亲的聪明才智，轻轻松松学一会儿，就能达到其他人好几个小时费力学习的效果。

你晚上会和同龄人出去玩。你们到市中心一个小广场上玩，坐在长椅的椅背上，脚踩在座位上。那些母亲早上推着童车，会在那些长椅上休息。我想知道你在和谁来往，你只说那是一群和你聊得来的年轻人。你说的话，我无法全信，我不信他们真的喜欢你，接受你，我是说那个真正的你。我觉得他们只是看你稀奇，觉得你很另类，他们想看你怎么违抗命运，和自然抗争罢了。

你好像冷静下来了，我们必须把“冷静”当成“愉快”，这个问题很关键。

我脑中有一处我不愿造访的角落：我相信你不会屈服。我知道你骨子里从不轻言放弃，这就像我、像我母亲一样。这种品质在我们家女性身上代代流传，最后到了你那里。

我们像是经历了两次地震，这是中间停歇的时段。第一次地震之后，你就知道下一次地震要来了。一切都有征兆，但我们和地震学家一样，什么都知道，唯独不知道地震到来的具体时间。我们知道在哪里震，怎么震，甚至知道地震等级，也知道它会把多年来我们爱的一切、我们经营的一切全毁了，却单单不知道它什么时候来。只有在地震暴发前的几分钟，人们才能靠直觉感受到地震会来。没人能准确预测地震，在我们察觉到它会到来的那几分钟时间，只能拼命跑出去，丢下自己的一切，任由它们淹没在断壁残垣和尘土之下。但在下一次震动前，我们不能放弃生的希望，我们要尽力活下去，照常做饭、吃饭，照常睡觉、起床和上班。每个人故作镇定，不去想地震早晚会来，迟早有一天，大地颤动，会把我们吞没。

这就是我们的遭遇，经历第一次地震后，我们还能站起来，但我们都明白第二次绝对不能幸免。

还有几个月这一学年就完了，你马上要满十七岁了，大地将会开裂了。

有天早上，你吃早饭时说："我要去国外做手术。"你没绕弯子，也不再拐弯抹角了。

地震来了，大地开裂了。

你其实并没有平静下来，你只是换了策略。可能你一直在考虑第二条路，但你知道，这需要我们的支持，所以你现在不得不向我们开口了。

我相信，这不是你突发奇想。你早就知道，在几千里外的地方，你能得到想要的东西。我在想，你为什么不第一时间就考虑这条路，或许那对你来说也太遥不可及了吧。其实你的期望并不高：你只想等个几年，在意大利的医院里做场简陋的小手术就够了。但上天逼你选择更好的出路，你以前想都不敢想的，如今就摆在眼前，为了达到这个目标，你会不择手段。

法官背叛了你，国家背叛了你，现在你只能让我们买单。

“我想在国外做手术，我要去塞尔维亚。那里不需要判决书，就可以做手术，只要我要求，他们就给做。我一定要在十八岁时变成男人。”

44

那天之后，你不再逼问我对法官说了什么，你希望要死去的人是我。之后，法官说了些什么，已经不重要了，你把他抛到脑后，你只向前看，只看着自己的眼前。如今你有了新目标，你朝那个方向大步走去。

我不知道发生了什么，不知道从什么时候开始，我已经无法主导这场游戏，我发现自己别无选择。

我想，我可能永远都不会走到这一步，我无法容忍你正在做的事。但实际上，我现在坐在门外，等你从手术室出来，以新的性别和名字来见我。

你是催眠大师，你一步步引导我，让我屈服，让我支持你，甚至资助你。

为了达到你的目的，你劝说我们卖掉了乡下那栋我们深爱的房子，那是我们的避风港，我们幸福的摇篮。

最后，在金钱方面，也是你的一场胜利。

手术要花很多钱，我们没有那么多现金，本来这是拒绝你的好借口，我却不知为什么想去贷款。后来我们打消了贷款的念头，因为和那些银行官员、职员解释起来太麻烦了。我们也想过找自己父母借，但对他们来说，就像花钱判自己死刑。

最后，我们决定卖房子时，我发现，你早就知道我们会这么做。我们没日没夜地商量，一步步讨论做出的决定，其实你已经猜到了。

你像一个耐心的猎人，伺机抓住猎物。

我们从没给过你肯定的答复，但新的可能一天天出现，要发生的事情让我们招架不住。我们抵抗了一辈子，我们累了，已经无力面对新的挑战。

不知不觉，到了和那对夫妻签房屋买卖合同的日子。他们比我们年轻，带着孩子来看房。他们有一对双胞胎，五岁了，活泼好动，孩子在屋里乱跑，母亲只好一个劲叫他们的名字。她爱两个孩子，但又怕他们吵到我们，她温柔地呼唤着孩子，眼里流淌着爱的光。她喊着："马蒂诺、乔治……乔治、马蒂诺。"我还记得这两个名字，我印象很深。她呼唤孩子，刚开始像是想让他们安静下来，后来好像是想叫他们的名字，确认他们的存在。她叫他们，只想再确认他们还在那里，是她的孩子。

那是我心目中完美的家庭，再加上这栋乡下的房子，就更完美了。他们可以周末来这里度假，让那对双胞胎在小山上嬉戏，抓虫子玩儿。

他们很快看上了这栋房子。他们仿佛能看见我们过去生活的影子：一对幸福的夫妻旁边有位小女孩，他们告诫孩子，不要靠炉火太近了。

交房前，我和你父亲最后一次来这里收拾东西。家具都卖了，或是送人了。如今，温馨的家里只有过去岁月的残骸，只留下很久没用的壁炉，墙壁上取下画后的黑印子。我靠着墙坐了下来，以前那里摆着家具。我万万没想到，十几年后，这栋房子会变成这个样子。我最后扫了一眼空荡荡的屋子，在心底咒骂着生活，它无情地背叛了我。我环顾四周，看了看宽敞的厨房和客厅，吃饭的桌子和你父亲修好的旧家具。我仿佛又看见了壁炉前的大沙发，那个我第一次感受到你心脏跳动的地方。我躺在沙发上，把一本厚厚的书搁在肚子上看，那是本讲早教的书。突然，你踢了我一下，我手里的书也跳了一下。我忍不住笑了，笑得越来越大声。我叫来你父亲，让他也来听听，可等他来时，你在我肚子里的褶皱中藏了起来。

我坐在地上，眼前浮现出曾经的一幕幕画面，泪水夺眶而出。

我仰着头嚎啕大哭。我朝全世界呐喊，祈求上帝听到我的声音，如果上帝真的存在。

我这么哭，是因为这里与世隔绝，没人会听到我的声音。我这么做，是想让哭声把屋顶震个粉碎，我想和房子同归于尽，和你实现目标的工具一起消失。

上帝抛弃了你，我最后一次求祂了。

可祂没有回应我，所以我要诅咒祂。

45

我通知酒店今晚不回来了，我要守着你睡，手术后的第一晚通常最难熬。有名外科医生一直守着你，他们给我在你床边安了张床。

我不是头一次睡这种床。你小时候生病，我经常在你身边安一张简易床。尤其是晚上你突然发高烧，非常吓人，我担心温度越来越高，而我们又睡了过去。这时你父亲就到书房里拿照顾病人专用的小床，放到你的旁边。我轻轻抚摸着你，你沉沉睡去。当你醒了，口渴了，难受了，我都在你身边。

我一直在你身边，伊娃。

这世上没有哪位母亲比我更爱你，没有哪个女人、哪头熊、哪只狗比我更会照顾自己的孩子。可现在你看看我，你并没有发高烧，我却陪在你身边，让你按着你的性子来。你对我说："妈妈，你不要走，不要把我一个人留在里面。"那一刻，你就像一只瑟瑟发抖的小动物一样看着我。或许当时我就应该带你离开，利用你唯一脆弱的时刻，带你逃离这里。

但我没有这样做，我爱你胜过一切。

一位长腿的护士过来叫我，给我带了一件罩衣、一双鞋套和一副口罩。她告诉我说："手术已经结束了，如果您愿意，可以来叫醒她。"我连忙罩上绿色罩衣，戴上口罩后打了两个结。

我从手术室的窗户望进去，触目惊心的血迹，让我想起了一个加泰罗尼亚剧团，他们常在舞台上展现伤口和疼痛，舞台下挤满了渴求真实感的观众，他们想看到那些荒谬的节目，好像外面的世界还不够荒唐和血腥。我向来不爱看那种剧，但讽刺的是，现在我竟成了剧中人。

护士在清理你的身子，她们用浸了消毒水的纱布擦你身上的血：就像一群女人站在十字架旁边，擦洗耶稣殉难后的身子。

你的酷刑已经结束了，现在准备"复活"。

拉多维奇示意我进来，他走过来，手轻轻放在我的肩膀上说："一切都很顺利。"

一切都很顺利，伊娃。现在你该高兴了，你身子上缠满了白色绷带，当你醒来时，你会破茧而出，你会是一个自由美丽的生物。我在这里，伊娃，我一分钟也没离开过，我会一直在你身边，陪你走向祭台，看你再生。我会爱你，我们会越来越密不可分。我知道，从今往后你再也没有理由恨我了。

意大利的麻醉师和我说，你马上要醒了，她说：“喊他名字吧，他听得见。”

于是我俯下身，低声唤你的名字，轻柔得如同在念一首诗。像母亲呼唤她刚出生的小宝贝，呼唤一个新名字，那会陪伴孩子一辈子的名字。

我说：“亚历山德罗，我在这里，我在你身边。”

46

早上，我从医院出来时，你还没醒。我想出去透透气，晒晒太阳。

夜晚过去得很顺利。你几乎一直在昏睡，只有几次，你痛醒了，或者口渴才叫我。我用蘸了水的纱布给你润唇，因为麻药的缘故，你的嘴唇干裂起皮，后来你又陷入了沉睡。有几次，我叫了护士来帮忙，你说你痛得受不了。她加大了止痛药的剂量，注射在你血管里，她确认一切数值正常，就回到她的角落里去了。我整夜都没睡，虽然可以睡，但我还是想睁着眼守护你。

我什么都不想了，我不想评判你，也不想生气了，就连我对你的担忧也烟消云散了。我只是看着你，注视着你的身子，眼前掠过你小时候的画面。我看见了你和你父亲在海滩上嬉戏，我在你们身后跑着，他正对着海边灿烂的阳光，把你举起来转圈；画面一转，我看见你躺在他的臂弯里，过了很久，他把你从车上抱下来，放在床上，小心地给你脱衣服，他从你房间走出来；我看见你在学走路，你朝我走来，然后再回到他那里，他放开了你的手；我看到你枕在我腿上睡着了，我在餐厅，一手拿着叉子，用另一只手轻轻抚摸你的头，梳理后颈的头发，我看见你父亲坐在我对面，和两个朋友笑着举起了酒杯，我们四目相对，我看到了他眼里的幸福，那时候，他还不知道生活给我们，给你，准备了什么。

我走了很久的路。这座城市里，每条街道都人潮涌动。天晴了，阳光明媚的七月又回来了，一切都走上了正轨，世界的齿轮开始重新转动。

我来到一座公园里，这里人很多，有老人、女人，有父亲、母亲和他们的孩子。他们经历了寒冷的天气，都出来晒太阳了。冬天结束了，他们从家里走出来，祝贺你完成了“受难”，迎接你的“复活”。

公园里有座音乐喷泉，我们第一次来时，我就注意到它了。这座城市到处都有音乐，不论咖啡厅还是餐厅，不论酒店、地铁还是公园，到处都回荡着音乐声。

他们怕安静下来听到什么吗?

喷泉周围的人群里有个小女孩，正光着脚跳舞。她穿着白裙子，裙边缀着了绿草环绕的花，她正随着一首不知名的动人音乐旋转起舞。

行人脸上洋溢着笑容，她不顾别人的目光，高举双臂翩然起舞。她看着天空，旋转起舞。

她正好舞到我的面前，头微微偏向一则，站在我面前。

我们长长地看了对方一眼，她重新跳起了舞，旋转着娇小的身体。

以下几位朋友在我创作过程中给予了我精心的指导，他们是外科医生乔治·马朱利、心理学家玛德琳·莫斯科尼和律师蒂托·弗拉杰拉。

很荣幸能听到安德烈亚、阿德里亚诺、洛伦佐，以及所有处在“过渡期”的人和我讲述他们的历程。

我向他们致以诚挚的谢意，我能完成这本小说，和他们提供的珍贵帮助是分不开的。

我也要感谢这本书的主编——弗朗切斯科·科肖尼和安杰洛·比亚塞拉，他们耐心细致，给了我大力支持。

还要感谢我可爱的姐姐马诺拉。

以及我的好朋友，我的开心果瓦莱里亚·R。

最后，我要感谢我的丈夫贾恩卡洛，感谢他对我无微不至的照顾，感谢他一直为我们遮风挡雨，让我能有一个属于自己的房间。